――だから雨は、嫌いなんだ。
ドロシー

……ぐう。

ライオン

でもダメなんだ、あたしは。
ごめんね。

カカシ

ブリキ

じゃあ一緒に死ぬか。
俺とお前はもう無関係じゃない。

もくじ

こうして彼は屋上を燃やすことにした

カミツキレイニー
イラスト：文倉十

登場人物

ドロシー

アメくんが好き、だった。
雨空が嫌い。眠ることができない。

ライオン

平和と昼寝と青空が好き。
勇気が無くて怒ることができない。

カカシ

嘘と歌と茜《あかね》空が好き。
知恵が無くて泣くことができない。

ブリキ

孤独と読書と星空が好き。
心が無くて笑うことができない。

「い、嫌だっ」

それが彼の、〝ほかに好きな人ができたんだ〟に対する私の返答第一声目。

「本当、ごめん」と彼は目を伏せた。

店内はしんと静まり返り、好奇を含んだたくさんの視線が、フライドポテトを摘《つま》んだまま立ち上がった私に注がれていた。動揺を隠して腰を下ろす。

「えと……どこからが、夢だろう」

「……夢じゃないよ、加奈《かな》」

それから交わされた会話のほとんどは覚えていない。「別れよう」だとか「もう会えない」だとかいう言葉を、私はハンバーガーショップの窓に垂《た》れる雨粒を眺めながら聞いていた。

「……じゃあ、アメくんはつまり、もう私のこと、好」

「うん、ごめん」

「……っ!」

気づけば摘んだままだったフライドポテトを口に運ぶ。

しけったポテトはくちゃくちゃと塩辛い。

降り続く雨は私を惨《みじ》めにさせた。

だから雨は、嫌いなんだ。

1　ドロシー（前編）

たつまきによって家ごと吹きとばされた女の子は、あれよあれよとまきあげられ、どすんっ。東の空より落っこちたその場所は、わるいわるい魔女のうえ。

×　×　×

雨が降ると思い出して心がざわつく。だから飛び降りるなら雨の日にしようと決めていた。黄色の扉《とびら》を押し開けると、白く濁《にご》った空が広がった。強い風に頬《ほお》を撫《な》でられ、身震いをひとつ。制服の上に羽織《はお》ったカーディガンの前えりを重ねた。

飛び降りる前にやっておきたいことがあったので、扉は開けっぱなしにしてケータイを取り出した。メールの受信箱からアメくんのアドレスを捜す。

今の私は、彼の名前を目にするだけでも胸が苦しくなる。それは恋人同士だった頃のドキドキとは違う、鋭い痛みだった。だから彼の履歴《りれき》はすべて消し、電話帳からもはずした。でも受信されたメールだけは、どうしても消せなかった。そこには楽しかった思い出がたくさん描かれていて、大好きだったアメくんの言葉を削除することはできなかった。

でもそこにいるのは過去のアメくんであって。そんなことはわかっているんだ。

Re:のタイトルを消し、最後のメールを作成する。

〝やっぱりまだ好きです。君がいないと無理なんです〟

どうすれば、この気持ちを消せるんだろう。寂しいだとか、好きだとか。アメくんや、自分自身を苦しめるこの感情を。

わがままな自分へ嫌悪《けんお》を抱《いだ》いた。

ほかに方法がなかった。私にできることはもう、死ぬことくらいしか。

——送信しました。

液晶の文字を確認する。それからひとつ深呼吸をして、今まで受信した彼の言葉をすべて消した。

ひたひたと陰鬱《いんうつ》な雨音に耳を澄ませる。初秋の空気は冷たい。

カーディガンを羽織っていてよかった。私はまだ夏服を着ていたから、薄い生地は濡《ぬ》れると下着を透《す》かしてしまう。ブラの色がありありとわかる死体なんて格好悪い。

飛び降り防止のため屋上に張り巡《めぐ》らされた金網は高く、見上げたこいつを登らなきゃいけないのかと思うとため息が出た。足を掛けると、金網はガシャンと大げさな音を立てる。

ガシャン、ガシャン。

極力無心《むしん》で挑《いど》もうと思っていたけれど、登りながら、ふいにアメくんの笑顔を思い浮かべてしまった。大好きだった人。低い声。大きな手。もう笑ってはくれない。

ガシャン、ガシャン……。

その音があまりにうるさくて、私は少しだけ泣いた。

ガシャン、ガシャン、ガシャン、ガシャン――。「がしゃあああん！」

「ぬわっ！」

金網のてっぺんに足を掛けて跨《また》ごうとしたとき、ひときわ大きく金網が揺れて、私は前へつんのめった。遠い視線の先に地面が見えて、慌《あわ》てて金網の縁《ふち》を強く握る。

――あ、危ない。もう少しで事故死するところだった！

何事かと見回す。金網が揺れた原因は、私から数メートル横に離れたところにいた。

「がしゃ、ぐわっしゃあああん」

「ちょっ、ちょっと待って……！　はあ？」

何やってんの？　あれ。

お人形さんが、金網を蹴《け》っていた。

正確に言うなら、人形のような可愛《かわい》らしい子が容赦《ようしゃ》なく、一心不乱《いっしんふらん》に金網を、蹴っていた。

私と同じ柄のプリーツスカートを着用しているからこの学校の生徒ではあるのだろうけど、その小柄な体格は中学生や、たぶん小学生と言っても通用してしまうだろう。体を大きく前後させるたび、胸まで伸びたふわふわの栗毛《くりげ》が跳《は》ねていた。

あれでダンスでも踊っていたなら絵にもなるのだろうけど、金網に殺意をぶつけるかのような行動が、そのすべてを台無しにしている。

怖い。あれは何を思っての行動なんだ。

呆然《ぼうぜん》と眺めていると少女がはたと動きを止め、赤い傘《かさ》の向こうからキョトン、とこちらを見つめる。思わず視線がぶつかって、目を逸《そ》らした。

「やば」

関わってはいけないと、本能がそう告げた。

恐る恐る視線を戻す。数メートル先にいたはずの少女は、いつの間にか私の足元。

「な、何?」

ビクリと体を震わす私を見上げ、まばたきひとつしない少女は無表情のまま小首をかしげる。猫みたいだ。意思が通じなさそう、という点において。

「……」

何の前触れもなく突然、少女は駆けていった。コンクリートの水たまりがばしゃばしゃと跳ねる。

その後ろ姿を目で追いかける。赤い傘《かさ》の向こうに、ひょろりと細長いもやしのような男子生徒がこちらに背を向け横たわっていた。黄色い扉《とびら》のすぐ隣。そこは軒《のき》が延びていて、雨が当たらないようになっているのだ。

ずっとそんなところで寝ていたのだろうか。入ってきたときには気づかなかった。

少女は男子生徒に何やらわめいていたけれど、振り返った彼はあくびをひとつするだけ。少女が金網にしていたようにげしげしと、何度も蹴《け》り飛ばしてようやく、男子生徒は気《け》だるそうに体を起こした。

少女が盛んに私を指差す。声は雨音に掻《か》き消えよく聞こえない。「変なのがいる」とでも報告しているのだろうか。

再び体を寝かそうとする男子生徒を一層強く踏みつけて、少女は彼のそばにあったビニール傘を屋上の中央へ放り投げた。慌《あわ》てて追いかける男子生徒。彼が拾ったビニール傘を開いて初めて、その顔を見ることができた。ボサボサ頭の黒髪に不健康そうな白い肌。細長い目と同じくらい、そのシルエットも細長い。赤色のネクタイを首に垂《た》らした華奢《きやしや》な体をこちらへ向け、彼は私に歩みよる。

「……え、と。あれ？　もしかして死のうとしてます？」

「……あ、はい、まあ」

思わず会話してしまった。彼があまりにも緊張感のない声で話しかけるからだ。まるで朝の挨拶《あいさつ》でも交わすように、簡単に。

「そうなんですかあ……」

男子生徒は遠慮がちに口ごもり、それからビニール傘越しに私を見上げる。金網のてっぺんに片足を引っ掛けた状態の女の子としては、あまり下から見上げてほしくはない。

「何ですか？」

不機嫌をあらわにして睨《にら》みつけると、彼はおずおずと一歩下がった。

「……いえ、何でもないです。どうぞ続きを」

そんなの。言わずもがな、だ。何なんだこの人たち。

すると今度は、私を軸として彼の線対称に立つ少女が、初めてまともな言葉を喋《しゃべ》った。

「ねえねえねえねえ！　この人も死んだ方がいい人ー？」

「さあな。強いて言うなら、〝死んでも死ななくてもどっちでもいい人〟だ」

答えたのはもやしっ子よりも、冷たく尖《とが》った声。

そんな。まだ誰かいたのか。

少女の視線を追い真後ろを振り向いて、思わず声を上げた。

「ひっ」

流れからしてこの学校の生徒、ではあるのだろうけれど、制服は確認できなかった。布だ。白くて大きな布で頭のてっぺんからつま先まで、体中をぐるぐるに巻いている。確認できるのは眼鏡《めがね》をかけた顔部分だけ。ミイラ男だ。できそこないの。

男は雨粒に濡《ぬ》れたレンズを光らせる。

「構うな。死なせてやれ。俺たちには関係ない」

どうしてそんな意味不明な格好をしているのかは尋《たず》ねないでおいた。彼の言う通りだ。私には関係ない。

金網の上から屋上全体を見渡す。左方に、にやけるもやしっ子、右方に深い瞳《ひとみ》の人形少女、中央付近にはミイラ男。何、この予想外の展開。もう出てこないだろうか。

「なんでー?」

再びガシャンと金網が揺れる。赤い傘《かさ》が真下にあった。

「なんで死ぬのー?」

大きな瞳をこちらに向けて、彼女は無邪気に疑問符を飛ばした。

今度はきちんと無視をして金網を越える。あとは飛ぶだけなんだ。気安く話しかけてこないでほしい。

金網の外側には一メートルほどの足場がある。そこから一歩前に踏み出せば、私は死ぬことができる。突風が容赦《ようしゃ》なくスカートを捲《まく》り上げた。下に転落して死体となったとき、スカートが捲れた状態になるかもしれない。短パンでも履いてくればよかったかな。それともスカートを押さえたまま飛び降りようか。

吹き上がる風にたじろいで、金網にしがみついた。轟々《ごうごう》と空が鳴る。それはまるで嵐《あらし》のように。

想像以上に、怖い。

ふと、金網の向こう側に三人の視線を感じた。ちょっと、いや、すごく気まずい。

「……あの、さ。見られてると、やりづらいってゆうか」

「あ、すみません……」

もやしな彼は後ろへ二、三歩下がったけれど、少女は逆に金網に顔を近づけてきた。

「ねえ。なんで死ぬのー？　辛《つら》いことがあったの？」

「ひぃ」

彼女が金網を揺するたび、それを摑《つか》む私の体もがくがくと揺れる。

「ねえっ。ねえってばあ」

なんてアホな子なんだ！　振り落とされてしまうわ！

「〝なんて、アホな子なんだ〟……？」

あれ？　私いま、言葉にした……？

ぴたり、と一転動きを止めて一秒。鮮やかな虹彩《こうさい》に私のシルエットが映る。人形はニヤリと笑った。

「そう思ったでしょう？　ごめんね、カカシは脳みそ持ってないんだよう」

「……は？」

「突き落とせ。邪魔だ」

ずり、ずりっと足元に布を引きずり、左右にミイラ男が揺れた。動かないで。どうしてもそっちに目がいってしまうから。

「この場所を吹聴《ふいちょう》されても困るしな」

布男の隣にもやしっ子が並ぶ。

「でも……人手はあった方がいいんじゃない？　どうせ死んじゃうみたいですし……」

「そんな赤毛のちゃらちゃらしたビッチは嫌いだ。信用できない」

私は自分の頭を指差して彼を睨《にら》み返した。

「これ、地毛なんですけど」

アメくんが好きだと言ってくれた色だ。

けれど失礼なミイラ男は私を無視し、もやしっ子へと体を向けたまま。

「おい聞いたか。一言目《ひとことめ》で嘘《うそ》をつかれた」

「まあまあ。売り言葉に買い言葉ってやつでしょう」

「そうよ！」

ふん、と眼光するどく一瞥《いちべつ》をくれた曇《くも》り眼鏡《めがね》。

「死ぬなら早く死ね。怖《お》じ気《け》づいたならお前、二度とここへは来るなよ」

言いたいことばかり言い、ミイラ男は方向転換を始めた。足元から二メートルほど長く引きずる布を蛇《へび》のように揺らし、背中を向けて去っていく。後ろ姿はツチノコみたい。

だから何者なんだあの人。「死ぬなら早く死ね」だって？　ムカムカする感情を堪《こら》えて唇《くちびる》を噛《か》みしめる。私の人生を蔑《ないがし》ろにされたような、妙な屈辱《くつじょく》感。

そんな私の感情を代行するかのように、赤い傘《かさ》の少女が駆けて布の尻尾《しっぽ》を踏んだ。前につんのめるツチノコ。びたーんと前に倒れる。あーあ、痛そう。せめて手を出しなよ。

きっ、と振り返った彼は少女を睨《にら》みつけ、視線を私に移して「ちっ」と舌打ちをした。鼻が赤い。打ったんだね。ってかなんで私に舌打ちを？

赤い傘の少女はツチノコをジャンプして解放し、その不思議な瞳《ひとみ》を私に向ける。そして嬉々《きき》として語り始めた。

「竜巻によって家ごと吹き飛ばされた女の子は、あれよあれよと巻き上げられ、どすんっ。落っこちたその場所は東の国、悪い悪い魔女の上」

ぴょんと一歩こちらへ踏み出し、スカートを摘《つま》んで膝《ひざ》を曲げる。

「オズの国へようこそ！　ドロシー」

「……ドロシー？」

「あたしはね、カカシ。この頭には脳みそじゃなくて、ワラが詰まってる。もしカカシに知恵があったなら、きっとドロシーの悩みも解決してあげられたのに」

〝カカシ〟？　ワラでできた人形ってこと……？

自虐的《じぎやく》な少女は他人事のように笑って、のそのそと去りゆく途中のツチノコを追いかける。

それからまたジャンプ。着地。びたーん。

その後ろ姿を呆然《ぼうぜん》と眺めていると、今度はもやしっ子が私の視線を遮《さえぎ》った。

「僕はライオン。残念ながら勇気が無い。でもね？　キバはあるんですよ。ほら、見える？」

彼は傘を持っていない方の人差し指で頬《ほお》を内側から引っぱり、口内を私に見せようとする。

「ね？　見えます？　ここ。今、触《さわ》ってるとこ」

うん。申し訳ないけど、どうでもいい。

「で、あっちが察しの通り――」

と、ライオンと名乗る彼は半歩下がり、屋上の出入り口付近を示した。

「変態？」

「違います。彼はブリキ。心が無いんです」

奴《やつ》の引きずる白い布が、黄色い扉《とびら》の向こうに消えていく。

「……ああ、心。無いっぽい。ってゆうか常識が無いっぽい」

とは言え、全体的に彼が何を言っているのか意味がわからない。

「あなたは僕らとおんなじなんです」

「……？」

怪訝《けげん》な表情を作る私に一歩、足を踏み出すライオンくん。金網に顔を近づけた。耳元に声。

屋上にいる私たち以外、誰に聞こえるわけでもないのに、彼は声を潜《ひそ》めた。

「――どうせ死ぬんならさ。僕たち何でもできると思いません？　例えば、あなたをそんなとこに追い込んだ奴《やつ》を殺す、とかさ」

殺す。背筋《せすじ》の凍るような物騒《ぶっそう》な言葉を、簡単に言ってのける。

「僕らももうすぐ自殺するんです。もちろん、復讐《ふくしゅう》してからだけどね」

金網越しに、ライオンはにんまりと目を細める。

この人たち、変だ。

「一緒にやりません？　復讐。死ぬのはそのあとでも遅くないでしょう？」

めまいを覚えた。視界が歪《ゆが》む。誰が信じるのだろう、そんな話。

「……復讐って何をするの？　誰かを……その、殺したりするの？」

「さあて、どうでしょう。まだ詳しくは言えません」

「……はあ、そうなの」

「そうなのです」

「ドロシーがブリキに認められたら言えるかもね！」

ライオンの隣で、いつの間にか駆け戻っていたカカシがケラケラと笑う。

〝ブリキ〟とは、あの失礼な布男を指すんだよね。

「彼は、つまり、リーダーなの？」

「リーダーではあるのかなあ。ブリキがいなきゃ、きっと僕は今頃幽霊になっていたかもしれません。そこからジャンプしてさ」

「……え？　飛び降りようとしてたってこと？」

「僕もこの子も、この屋上にはそのために来たのです。それをブリキに止められて。飛び降りは延期になったんですよ。えへへ。いや、お恥ずかしい」

延期……？　中止ではないんだ。

「じゃあ、いつ死ぬの？」

「さあ。復讐がうまくいってからでしょうか。遅くても今年中には飛びたいんですけどね。いろいろと準備があるんですよ」

無邪気な笑顔だ。まるでサプライズ誕生パーティーでも企画しているような。彼の思い描いているのが驚く友人の顔じゃなくて、復讐対象者の戦慄《せんりつ》する表情だというのなら、それはすごくぞっとする。これが年内に決行を予定する自殺志願者の顔なのだろうか。今日死ぬつもりの私が言うのも変だけれども。

自殺しようとする人間なんて誰もが異常なのかもしれない。どこかが壊れてしまっているんだろう。そんなことを考えると悲しくなる。

授業中の校内は静寂《せいじゃく》に息を潜めている。その中で、雨に打たれる私たちは異端だった。当たり前の毎日に溶け込めなくて、置いてかれるような存在だった。

「飛び降りないんですか?」

ボサボサ頭のライオンが、金網にしがみついたままの私の顔を覗《のぞ》き込む。

「明日にします。人が見てるとやりにくいもの」

ふふ、とライオンがにやける。何だかバカにされた気分だ。

カカシが落ちてくる雨粒を見つめて呟《つぶや》いた。

「ソラが泣いてる。今日のソラは、きっと悲しいんだねー」

「……空?」

それからライオン越しにこちらへ視線を移した。

「まだ死なないなら、今日一緒に帰ろーうよう」

意外な申し出に苦笑いがこぼれる。

「いいよ」

それからケータイでセンター問い合わせをしてみたけれどメールはひとつも受信していなくて、また少し、死にたくなった。

× × ×

この小さな田舎町《いなか》には、どこもアメくんと私の物語が描き込まれている。

アメくんと別れてからはひとりで歩いた帰り道を、カカシと名乗る女の子と歩いた。「一緒に帰ろう」と提案したくせに、彼女は学校を出ると全然喋《しゃべ》らなくなって、私は気まずさを解消するためにアメくんとの思い出を話した。

小学校側の境内《けいだい》は、アメくんに告白された場所。耳まで赤くした彼の言葉を、私は何度も首を縦に振って受け入れた。「ありがとう」とアメくんは照れた。桜吹雪の舞う空の下、その桃色よりも頬《ほお》を赤く染めて、笑うアメくんを私は好きになった。

商店街の手前にある駅は、アメくんと初めてデートに行ったときの待ち合わせ場所。隣町の映画館へ行って、見終わってしまえばデートって何をしていいのかわからなくて、隣接するデパートをうろうろした。アメくんは「似合うと思う」なんて言ってアッシュグレーのヘアバンドを買ってくれたけれど、慣れない私は「可愛《かわい》くない」なんて言えなくて、しばらくそれをつけて笑っていた。

今日初めて会った人に話すには重すぎるノロケ話だ。だってそのすべては、過去のものなんだから。登場するのは私と、私が死のうとした原因となる彼。

なのにカカシはうんざりした顔ひとつせず、隣を歩きながら「ふうん」だとか「へえ」だとか抑揚《よくよう》のない相槌《あいづち》を打っていた。

雨上がりの公園に子供たちのはしゃぐ声が響く。公園と呼ぶには広すぎるこの敷地は、生徒たちの近道としても頻繁《ひんぱん》に使われている。

赤レンガの遊歩道沿いに花壇が等間隔に並べられていて、草花が雨粒を弾《はじ》いて輝いていた。

ジャージ姿の私のそばで、カカシが閉じた赤い傘《かさ》を大きく揺らす。

「その人の、どこを好きになったの？」

「……どこだろう」

アメくんは優しい人だった。

私が小さな丸い棒付きキャンディーを好きだと言えば、それが百二十本も刺さったツリー状の置物をプレゼントしてくれたし、料理の苦手な私が本を見ながら作ったチョコレートケーキだって、「固いよ」と笑いながらも全部食べてくれた。

アメくんと出逢《であ》う前、ただ何となく生きていた私は、彼と出逢って大切にしてもらって、自分を好きになることができた。ただのクラスメイトだった人が、かけがえのない存在に変わってゆく感覚がくすぐったくて、嬉《うれ》しくて、彼にだけは嫌われたくなくて。

「人に好かれたい、なんてさ。私あの人に会うまで、考えたこともなかった」

そうだ、初めての感覚に戸惑《とまど》う私を彼は優しく抱きしめてくれた。この公園の街灯の下。

〝加奈《かな》はオレの宝物。そのままでいいんだよ〟

そう言ってくれたのは、この先の、街灯の下。

「あ……」

立ち止まった私よりも数歩先に進んで、カカシは振り向いた。

「どうしたの？」

「ダメだ。この先は、行けない。戻って別の道から帰ろう」

「どうして？」

「……」

思い出たちは、未《いま》だに私の内側で暴れる。

街灯はまだいいんだ。その先に広がる残酷な風景を、私はもう見たくない。

〝彼岸花《ひがんばな》。韓国では相思華《サンチョ》って呼ばれてるんだって。『花は葉を思い、葉は花を思う』。お互いを想《おも》い合ってるってことだよ〟

ある日アメくんが見せてくれた栞《しおり》には赤い花びらが挟み込まれていて、私はそれを、この先にある彼岸花畑の前で受け取った。

そのときはまだ、つぼみの多い緑の畑だったけれど。

〝この辺りは秋になると彼岸花が咲くんだ。ばーっと咲き誇って綺麗《きれい》なんだ。秋になったらさ、二人でまた見にこよう〟

告白してくれたときと同じように耳を赤くして、アメくんは笑っていた。

私はその花が好きになったのに。秋が来るのを楽しみに待つようになっていたのに。

「……この先には、彼岸花が……咲いて、いて……」

今はもう、あの頃とは違う。あの畑にはたくさんの彼岸花《ひがん》が咲いている。それは風が吹くたび大きく揺れるだろう。赤い花の群れはざわざわと、再び私の心を掻《か》き乱そうとするだろう。

言いよどむ私の言葉を遮《さえぎ》るように、カカシは無感情に言葉を重ねた。

「いいよ。戻ろう」


彼と出会う前、私はどうやって息をしていたんだろう。

今まで貰《もら》ったものを、部屋のカーペットの上に並べたことがあった。アッシュグレーのヘアバンド、棒付きキャンディーのツリー、彼岸花の栞《しおり》だって、もういらない。ひと通り並べて、その量に驚いて。「彼の染《し》みついたものなんていらない」と強く思った瞬間、最も彼の存在が染みついてしまっているのは自分だと、そう気づいて、部屋に広げた彼との思い出の中に身を投げた。

私の宝物だったものたち。彼の宝物だった私。今はもうガラクタで、カーペットの上に転がるものは私も含めて全部、ゴミ同然のものになってしまった。


ここにもうアメくんはいなくて、なのに彼岸花は綺麗《きれい》に咲いていて。ふわふわ揺れる強い赤をひとりで眺めているうち、ずっと憎しみで抑え付けていた感情が溢《あふ》れて頬《ほお》を伝った。

揺れる赤い花が私の心を掻き乱して、それがとてもとても苦しくて、こんなにも苦しいのならもう死んでしまいたいと、そう願ったんだ。

2　ライオン

たつまきによって飛ばされた家で、偶然にも東のわるい魔女をぺしゃんこにしたドロシーは、黄色いレンガの道をたどってエメラルドの都をめざします。

その目的は大魔法使いオズに会うこと。ふるさとのカンザスに、帰してもらうこと。

道中、奇妙な人たちと出会いました。

知恵のないカカシは言いました。「オズはのうみそもくれるかな?」

ブリキの木こりには心がありません。「オズは心もくれるかな?」

臆病《おくびょう》なライオンは泣き続けます。「オズは勇気もくれるかな?」

四人はならんで歩きました。めざせエメラルド。

それぞれの願いを、かなえてもらうために。

×　×　×

アメくんに別れを告げられた日から、私は眠れなくなった。

毎日ぼんやりと、朝が来るのを待つんだ。二日も徹夜してしまえば、三日目には勝手に意識が飛んでいく。それでも朝日が昇る前に自然と目は覚めた。夢にまで出てこないでよと彼を責めて、憎しみに腹を立て、心細さに目を閉じる。

毎日はその繰り返しだ。


死にそこねてから数日後、私は時間ができるたびに屋上へ足を運ぶようになっていた。

アメくんとの思い出がない場所はそこだけだったから。彼と別れたあとに知った場所。だから逃げるように、私は屋上へと上るんだ。

屋上には必ず誰かがいた。あの三人のうちの誰かが。

そこは不思議な空間だった。

集まって特に何をするでもない彼らはそれでも、膝《ひざ》を抱えて一日の終わりを待つだけの私を退屈させなかった。

彼らはなんと言うか……奇妙なのだ。ものすごく。

カカシは広い屋上をぴょんぴょん飛び跳《は》ねては走り回り、突然空を見上げ「魚が食べたいにゃあー」などと呟《つぶや》いたりする。

「トルーデーリーデーオ！」

妙な鼻歌を歌うその感情は相変わらず読めなくて、何やら嬉《うれ》しそうにしているな、と思えば次の瞬間には一心不乱《いっしんふらん》に指を噛《か》んでいたりする。

扱いづらいというか、近づきにくいというか……。

黙っていればお人形さんのように可愛《かわい》いのに、と、そういうタイプだ。

可愛いのに、指先はどの指も傷テープがベタベタと貼《は》りつけられている。指を噛む癖がそうさせている。やめなよ、と見かねて彼女の腕を取ったことがあった。どうして血が滲《にじ》むまで噛む必要があるのか。尋《たず》ねたってカカシは、「カカシは甘党なのー」だとか「鉄分を欲しているのー」だとか支離滅裂《しりめつれつ》な言葉を繰り、逃げていってしまうのだ。

彼女は自分を知恵の無いカカシだと言うけれど、跳《は》ねる栗色《くりいろ》の髪はワラなんかじゃない。あれは畑にいそう、というより森にいそうだわ。

扉《とびら》側の軒下《のきした》にオレンジ色のマフラーを巻いた、線の細い眼鏡《めがね》男子が座っていたのは、私が死のうとしたあの雨の日の翌日のこと。凛々《りり》しい顔立ちをしていたけれど、その意外に長い睫《まつ》毛《げ》の奥に鋭い眼光を宿していて、戸惑《とまど》った。

彼も三人の仲間なのだろうかと、恐る恐る笑顔を作った。

「……あの、こんにちは。いい天気ですね」

「黙れ。そして、死ね」

「……」

彼が〝ブリキ〟だと気づいたのはその直後だ。私の作り笑顔を返せ。

ブリキはいつも決まった場所に座っていた。軒の伸びた日陰の部分。そこで本を読んでいたり、裁縫《さいほう》をしていたりする。裁縫、といっても服や小物入れを作っているわけではない。淡々と大きな布を縫《ぬ》い合わせる、それだけ。布と布を縫い合わせてより大きな布に。さらにその布を縫い合わせてもっと大きな布に。

意味がわからなくて怖かった。理由を尋ねても無視をされるし、私を見ようともしてくれない。

「ええと……布が、好きなんだよね。布フェチ。世界って広いんだな。変態もさまざま」

「…………バカか？」

「違うの？　大きな布を体中に巻いて、その……性的興奮を得ているんじゃないの？　大丈夫だよ、私は」

「大丈夫って何だ。あれは傘《かさ》の代わりだ」

「うそっ。普段は巻いてないってこと？　ああ、〝ブリキ〟だからね。確か濡《ぬ》れるとサビついちゃうんだよね。でも……めっちゃ濡れてたじゃん」

「……濡れてない」

プライドの高い変態なのだろう。彼はカカシ以上に近寄りがたい。

三人の中で最も話しやすいのはライオンだった。屋上へ上るたび、その姿を見ることはできた。ライオンの生息地は屋上なんだろう。捕まえるなら簡単だ。彼はいつだって眠っているのだから。

ニコニコだらだら。ライオンの一日はそういう擬音語《ぎおん》ですべて片付けられるくらいに、堕落《だらく》的だった。大抵は昼寝、ときどきは運動場をぼうっと眺めてたりして過ごしている。

彼は毎日のように「今日は死なないのですか?」と訊《き》いてくる。まるで「早く死ね」と言われているようでムッとして、「まだ死にません」と突っぱねると「よかった」と笑顔が返ってくる。この人に悪気はないんだろうな。

ある日授業が自習となり、私は例の如《ごと》く屋上へ向かった。こんな朝早くに誰もいないだろう、あの屋上を独り占めしてやろうと扉《とびら》を開けると、真っ青な高い空の下、コンクリートに大の字になって寝ていたのはライオンだった。

寝息を立てる彼の顔を真上から覗《のぞ》いてみる。無防備な寝顔は幸せそうで、見ていて癒《い》やされる。

ボサボサの黒髪が風に揺れていた。細い目が静かに開く。

「おはよう」

声をかけると、ライオンは慌《あわ》てて上体を起こした。

「わ、わ、わ、びっくりした」

よだれをふき取るような仕草《しぐさ》を見せる。

「何やってんの？　こんな朝っぱらから」

「ドロシーこそ。授業中なのでは？」

「私んとこは自習なの。いい天気だから日向《ひなた》ぼっこでもしようかと思って」

「僕もそんなとこです」

「ふうん」

背伸びをしながら、金網のところまで歩いてみた。眼下に見える運動場では、女の子たちが黄色い歓声を上げている。女子に囲まれて、男子がバレーボールをしていた。何だか平和だな、とため息をつく。平和すぎて鬱《うつ》だわ。

振り返ると、ライオンが再び仰向《あおむ》けに眠っていた。羨《うらや》ましい限りだ。私はほとんど眠れないというのに。

よく見ると、彼の細い目は開いている。

「何を見てるの？　雲？　空？」

「全部」

ライオンを真似《まね》てそばに寝てみる。白い雲が、風に流されて泳いでいた。

「気持ちいいね」

「ん」

私たちはしばらく黙って空を眺めていた。雲がさまざまな姿に形を変えて、いつまでも飽きることはない。

青い空へ手を伸ばす。

「あ、見て。カエルさん」

「……ぐぅ」

うそ。寝たの？　ひとり伸ばした腕が恥ずかしいじゃないか。

「こら、寝るな」

その額《ひたい》をびしと叩《たた》く。

「……ん、あう。何」

「あれ、あの雲。カエルさん」

「カエル？　いやあ。楕円《だえん》でしょう」

「あ！　見て見て、お魚さん」

「……いやあ、三角でしょう」

「……夢がないのね、君」

「……ぐぅ」

うっそ。どうして会話の途中で眠れるのさ。さっきよりも多めに額を叩く。びし、ばし。

「寝るな寝るなあ」

「……んん、あう。何」

「君さ、いつもこうやって空を見てるの？」

「ん」

「君ってホント、だらだらしてるよねえ」

「眠ってる間は、何も考えなくてすみますから」

意味深《しん》な答えに、彼が自殺を望んでいるのを思い出した。どうして彼は死を願うのだろう。穏やかな表情をしているけれど、彼も私と似たような苦しみを持っているのだろうか。

ライオンだけじゃない。カカシやブリキにとっても、この世界は生きづらくて、そんな彼らの居場所はここにしかないのかもしれない。だから彼らはここに集まるのだ。そして私も、来てしまうのだろう。

「……ぐぅ」

目を離せば、臆病《おくびょう》なライオンはすぐに眠ってしまう。彼は眠ることで、現実逃避をしているんだ。

また、死のうとする理由を訊《き》きそびれてしまったな。

〝あなたは僕らとおんなじなんです〟

あの雨の日、ライオンは言った。それから、「僕らももうすぐ自殺するんです。もちろん復《ふく》讐《しゅう》してからだけどね」と続いた。この澄み切った空の下で、彼らはいつもそんな黒い感情を抱《いだ》いているのだろうか。

空は青く、大きかった。そよ風が吹いて、寝不足で荒れた肌を優しく撫《な》でる。

私はライオンを真似《まね》て目を瞑《つぶ》った。

ここは世界から切り離された場所だ。毎日は私たちを置いて回っている。

でも、それでもいいや。

できることなら、ずっとこの場所に逃げていたいと願った。

×　×　×

本を片手に、カカシは難しい顔をしていた。話しかけてみると、私にも表紙を見せてくれる。

「『オズの魔法使い』だよー」と彼女は自慢げに笑う。

昔読んだことがある。竜巻に巻き込まれオズの国にやってきてしまった女の子が、知恵の無いカカシや心の無いブリキ、それに臆病なライオンを引き連れて旅をするお話だ。

「ブリキのだよ。借りてんのー」

嚙《か》み切ったフランスパンをモゴモゴさせて、何が嬉《うれ》しいのかカカシは笑う。

「へえ。あんたもこんなの読んでるんだ。意外だわ」

カカシの向こう側で裁縫《さいほう》をしているブリキに声をかける。彼はチラ、とこちらを一瞥《いちべつ》し再び手元に視線を落とした。可愛《かわい》げのない奴《やつ》。

捲《めく》ったページの挿絵《さしえ》を指差し、カカシが「これ、ドロシー」と教えてくれる。子犬を抱いた赤毛の女の子が描かれている。

「ふうん。君はこの本が好きなんだね」

「うん」

陽気なカカシ、冷たいブリキ、そしてのんびり屋のライオン。あだ名は全部、カカシが付けたんだなあと思うと微笑《ほほえ》ましい。

カカシは屋上を〝オズの国〟と称した。

ここは物語の舞台だ。現実から切り離された場所。オズの国ではドロシーを演じられる。だから私は、彼らの本名を尋《たず》ねない。

「ライオンは今日も来てないの?」

辺りを見回して、尋ねてみる。ここ数日、ライオンは屋上に姿を見せていなかった。彼も重要な物語の構成要素なのに。

「あ、今はテスト期間中だから勉強してるのかな」

するとブリキがふん、と鼻を鳴らした。ちくちく針を布に通しながら。

「あいつが勉強などするわけがない」

「え? どうして? じゃあなんで屋上来ないの?」

「知るか。理由があるんだろ」

「……だってさ、カカシ、ブリキ、ライオン揃《そろ》っての『オズの魔法使い』でしょ？　寂しくないの？」

尋ねてみたけれど、それ以上彼は何も言わなかった。無視されるのも慣れてきたな。

「……理由って何さ。ライオンって何組？　てか何年生なんだろ」

「ライオンはねえ。C組だよ。二年C組」

カカシが傷テープだらけの指を二本立てる。二年。私やアメくんと同じ学年だ。

「ライオンと私は同学年だったんだね、今更だけど。カカシは何年生？」

「カカシは一年。ブリキは二年」

「へえ。よかった。カカシが上級生だったら戸惑《とまど》うよ」

立ち上がる私を、ブリキが睨《にら》みつける。

「おい、余計なことをするなよ。俺たちには関係ない」

冷たいブリキに、私は「べー」とだけ言って屋上を抜け出した。


昼休みの校舎は学生たちで賑《にぎ》わっている。

私はライオンを連れ出すために、二年C組の教室へ足を運んだ。理系のクラスは階が違う。

文系の私にとっては未知のフロアだ。

「ごめんくださーい……」

教室の後ろ扉《とびら》から、中を覗《のぞ》いてみる。

窓際に固まる集団の中に、ライオンはいた。でもそれは、私の知っているライオンではなかった。見てはいけないものを見てしまったような、衝撃。

ライオンは赤いネクタイを垂《た》らし、四つん這《ば》いになって床に手をついていた。そしてその上に、男子生徒が座っていた。丸刈りで顔の赤い、まるでサルのような生徒がライオンの上に座り、それを囲む友人たちと談笑していた。

立っていたひとりの男が食べかけの菓子パンを千切《ちぎ》り、ライオンの口元へ持っていく。しつこくパンを押しつけられ、ライオンはそれを食べた。すると集団は大声で笑った。ライオンの仕草《しぐさ》がさも可笑《おか》しくてたまらないかのように、腹を抱えて笑っていた。

それに合わせて、ライオンも笑う。

夢でも見ているかのような信じられない光景。

ライオンが顔を上げ、ボサボサの黒髪の向こうから、その目が私を見たような気がした。

私はつい咄嗟《とっさ》に身を隠し、何も言えず教室を離れてしまった。逃げるように、駆け出す。

妙な罪悪感が胸を締めつけた。見てはいけない舞台裏を覗いてしまったような……。

ライオンが受けていた行為に当てはまる言葉を探す。心臓がうるさい。動揺していた。

テレビや漫画などではよく見かけるけれど、実際に自分の周りでそういうことが行《おこな》われているのを見るのは初めてだ。

青空が好きなのんびり屋のライオンは、イジメにあっていた。

×　×　×

放課後。私はホームルームをサボって、C組の入り口の見える渡り廊下で待機した。

教室から出てくる生徒たちの中にライオンを発見して、足を踏み出す。けれどライオンは私よりも先に、あの赤ザルたちに捕まってしまった。急ブレーキして踏みとどまる私の前を、彼らはライオンの肩に腕を回し、いかにも親しげに歩いて行った。

階段を下り、運動場へ出る一同のあとをつけた。このままではライオンと話す機会を失ってしまう。

私は意を決して、彼らの前へ飛び出した。

「……あ、あの。話があるんですけど」

正面の男たちが一斉《いっせい》にこちらへ視線を向ける。赤ザルの右隣には、猫背で頰《ほお》のこけたオオカミのような男と、鼻が大きく尖《とが》ったカラスのような男。なぜかこいつが、人差し指で自身の鼻先を指す。

「ん？　俺？」

「なんでよ。バカじゃないの？」

やたら背筋《せすじ》がピン、と伸びてて、何だろう、気持ち悪い。

姿勢のいいカラスのそばで、ライオンは驚いていた。驚いても目は細いままなんだ。屋上では癒《い》やしの対象だったその緩《ゆる》んだ表情も、舞台を降りた今はなぜかイラ立つ。

そんな彼の手首を無理やり引っぱって、男たちの間を割る。私たちは校舎へと戻った。とりあえずライオンと二人きりになりたい。話がしたい。

ところが、私たちのあとをさっきの奇想天外《きそうてんがい》な動物たちが追ってきていた。こそこそと隠れているつもりなのだろうがそれはもうバレバレで、余計に私をイラ立たせる。

「何よ！　なんで追ってくるの？」

「さあ、暇《ひま》なんじゃないかなあ。ほら、テスト期間の今は部活も休みでしょう？」

私に手を引かれたまま、のんびり口調でライオンは的外れな回答をする。

ああ。本当にこいつは。イライラする！

私はそのまま走ることにした。無理に引っぱられてライオンも駆け出す。校舎内を不良たちに追われて走る男女はとても目立つのだろうけど、周りの目なんて気にしようとも思わなかった。てか、逆だろう普通。男が女を引っぱりなさいよ。

ひと気のない棟《とう》の階段の踊り場で、私は足を止めた。息が整うのを待って、早速彼に詰め寄る。

「なんで？　なんで屋上に来ないの？」

ライオンはへらへらと、戸惑《とまど》いの表情を浮かべた。

「すみません。最近は忙しくて」

考えてみたら、ライオンと屋上以外で話すのは初めてだ。入ってはいけない舞台裏で息を潜《ひそ》めているような、不思議な感覚が消えない。もしかして、ライオンのあの姿は本当に見てはいけないものだったのかもしれない。少なくとも、私はいじめられているライオンなんて見たくはなかった。青空が好きなライオンは、あの屋上でごろごろと昼寝だけしていてくれればよかったのに！

〝俺たちには関係ない〟

ブリキの言葉を思い出し悔《くや》しくなって、込み上げる涙をうつむいて耐える。

「なんで？　なんでなの？」

「うーん……テスト期間中はさ、彼らも暇で僕、すぐ捕まっちゃって――」

「違う！　なんでいじめられてなんかいるのって訊《き》いてんの！」

酷《ひど》いことを言ってる。口にした瞬間に後悔した。

「……それは……僕にもわからないです」

ライオンはそう呟《つぶや》いたっきり黙ってしまった。私も言葉が見つからなかった。

「……でも、助けてくれてありがとう。今日はもう帰ります」

ライオンが階段を下ってゆく足音。私は必死に言葉を探した。でも、彼を引き止める言葉が見つからない。

「ライオンは！」

階段の下で、彼の足が止まる。

自分でもよくわからない。きっと私は悔《くや》しいんだ。彼はライオンでなくてはならないんだ。

「ライオンは……ライオンでしょ？」

少なくとも、私の前では。

臆病《おくびょう》で頼りなくて、だから勇気を求めて旅してるライオン。

そうじゃなきゃ、私はドロシーを演じられなくなる。

「明日の放課後は、屋上に来てよ。絶対に来て！」

彼は微《かす》かに頷《うなず》き、それから困ったように笑った。

×　×　×

放課後、カカシと一緒に屋上を下りた私は、学校近くのアイスクリーム屋さんへ寄ろうと提案した。

生徒手帳には〝寄り道や買い食いを禁ず〟なんていう校則の表記があるけれど、そんなことお構いなしに、生徒たちは制服のままアイスクリームを舐《な》める。付き合っていた頃の私とアメくんも、その例に漏《も》れなかった。アイスはダブルの方が断然安くて、お金のない私たちは二段に重なったそれを二つのスプーンで半分こして食べていた。

にやにやと嬉《うれ》しそうなカカシを横目に、もうひとりじゃ絶対に来られない店だなと思う。〝ダブル〟と書かれたアイスの写真だけで泣きそうになるなんて、私はやっぱり異常だ。カカシがいなければ、また沈んでいたかもしれない。

「嬉しそうだねカカシ。アイス好きなの？」

「ふつう。でもこういうの好きー。カカシ、女の子と寄り道なんて初めて」

「え？　そうなの？」

カカシはショーケースに並ぶ色とりどりのアイスをあらゆる角度から覗《のぞ》き込み、「ほう」だとか「はう」だとか深いため息をついていた。煌々《こうこう》と輝く瞳《ひとみ》を見ていると、誘ったこっちとしても嬉しくなる。

「迷うなー。マーブルチョコにしようかな。ストロベリーチーズも捨てがたいんだよー」

「ダブルにしなよ。どっちも食べられる」

「そんなには食べられないよ」

「じゃあ半分こしよっか」

ひとつのダブルアイスクリームをお互いに手渡し合いながら、私たちは店のテラスでスプーンを動かした。

秋風は想像以上に冷たく私は身を震わせたけれど、カカシのほくほく顔を見て笑みがこぼれる。正面を横に伸びる舗道を、冬服を着た生徒たちが通り過ぎて行った。

カカシを誘ったのには訳があった。私はライオンのことを訊《き》きたかったのだけれど、彼女は何も知らない様子で首を横に振る。

「ライオンが普段何をしているかなんて、知らない」

そう言うカカシに、私は何も追究できなくなる。

「気になるの？」

カカシはまばたきを忘れた瞳《ひとみ》を私に向けた。

「気になる……と言うか……」

私には関係のないこと。それはわかっている。三人の接点は屋上ってだけで、屋上を下りてしまえば他人のようだった。

「ドロシーはお人好《よ》しなんだね」

「そんなことないよ。だってライオンは……友達じゃないの？」

「友達……？」

カカシの手が止まった。その表情は、私の行動を〝関係ない〟と咎《とが》めたブリキのそれと似ていた。まるで私の方がおかしな言い方をしているように思えて、恥ずかしくなる。友達だなん

て、私が一方的に押しつけているだけなのかも。

「ドロシーは、どうしてあの日屋上へ上ったの？」

「え？　なんでそれを今……」

「どうして？」

彼女の真《ま》っ直《す》ぐな視線に、たじろいでしまう。

「ううん……。四秒に、一回くらい……」

カカシは首をかしげた。

「その……。元カレと付き合っていた頃ね、四秒に一回くらいはあの人を思い出してにやにやしてたの」

「うそだ。そんなに？」

「ホントだよ。四秒に一回くらいは幸せを感じてたの。でも不思議だよね。別れて、もう会えなくなってしまってからは、四秒に一回くらい……その……」

「死にたくなる？」

うつむく私の顔を覗《のぞ》き込み、カカシは容赦《ようしゃ》なく続きを言ってしまう。遠慮のないその言い方は、逆に私を可笑《おか》しくさせた。

「うん。死にたくなる」

「そっか。どうしてドロシーみたいなお人好《よ》しが死にたいなんて考えるんだろうと思った。誰かに優しい人は誰からも好かれるでしょ？　好かれる人って、ひとりじゃないでしょ」

「優しくなんかないよ」

やばい、そう予感めいたときには遅かった。ふいにアメくんの顔が浮かび、胸が苦しくなる。私はちっとも優しくなんかない。いっぱいアメくんを責めて、傷つけて、だから嫌われてしまった。たとえほかの誰かに好かれたって、そんなの嬉《うれ》しくもない。アメくんが好きでいてくれないのだから意味がない。

「今も苦しいの？」

「まあねえ。でも何かしてるときは、少しは平気だよ。誰かと喋《しゃべ》ってるときとか、屋上にいるときとか」

「そのときは何秒に一回？」

「……三十秒に一回くらい」

「多いよ」

カカシはケラケラと楽しそうに笑って、アイスをこちらへ差し出した。

どうしてこの話題で笑えるのだろうと不思議に思いながらアイスを受け取る。でもその陽気な笑い声は、沈んでしまった私の気持ちを少しだけ明るくさせた。

×××

翌日、私が屋上に持ってきたビニール袋いっぱいのアイテムに、カカシは目を輝かせた。

「何これ何これー。お菓子？」

「はずれ。これはね、変身グッズだよ」

「変身？　誰が？」

「カカシ、君に重要な任務を与えるわ。どっかの教室からイスをひとつ奪《うば》ってきて頂戴《ちょうだい》。いい？　これは極めて重要な任務なの。失敗は決して許されない。できる？」

「イェッサー」

敬礼を交わし、勇敢《ゆうかん》な兵士を見送る。

「何をするつもりだ」

いつもの場所から、本を閉じることなくブリキが尋《たず》ねた。

「秘密。私は秘密主義なの。まあ、あなたほどではないですけどね」

ふんと鼻を鳴らし本に視線を落とすブリキを見て、初めてこの男に勝った気がした。

空が紺色に染まり始めてようやく、ライオンは姿を現した。

「遅い！」と言って私は怒鳴り散らし、彼は「ごめん」と頭を下げた。

「〝ごめん〟はダメ！　それは癖になるよ」

本当は怒ってなんかいなかった。ライオンがちゃんと来てくれたことが嬉《うれ》しかった。彼には変わってもらう。今日から、本物のライオンになるんだ。

彼をイスに座らせ、首周りにゴミ袋を巻きつける。カカシがガムテープで繋《つな》ぎ止めて、ライオンは立派なテルテル坊主になった。

「何を、するんですか？」

怯《おび》えるようにライオンは私を見上げる。

「髪を染めるの。正確には脱色かな」

「えええええ？　いやいやいやいや」

「いやいやいやいやいや。大丈夫、私結構うまいんだよ。この髪だって自分でやったんだから」

「……それ、地毛って言ってませんでした？」

口では抵抗しても、ライオンはじっと座っていた。彼は断ることができない性格なのだ。それくらい私にもわかる。そしてそれが、イジメを発生させる原因のひとつだということも。

「今日から変わってもらう。あなたは本物のライオンになるの」

「でも僕は……」

「〝僕〟はダメ。百獣の王、ライオンは気高くこう言うのよ、〝我が輩《はい》〟と」

後方でブリキの苦笑が聞こえた。キッ、と睨《にら》みつける。

「ワガハイ……言いにくいなあ……」

困り顔のライオンに、カカシがはしゃいで片腕を上げた。

「ライオンライオン、お腹《なか》が空《す》いたときはー？」

「ワガハイ……お腹空きました」

「トイレ行きたいときはー？」

「ワガハイ……トイレ行きたいです」

うん。バカみたいだ。

「そうね。確かにこの時代〝我が輩《はい》〟は痛いかな。じゃあオレ。せめて〝オレ〟で」

「オレ……違和感あります……」

「敬語も禁止！　言い続けてれば慣れてくるよ」

混ぜた脱色液をシャカシャカと振りながら、私は言った。


約一時間後、ラップを頭部にグルグル巻いたライオンは、頭皮に染《し》み入る刺激に耐えていた。

私たちは待機するほかない。「痛いよう。痛いよう」と嘆くライオンを応援しながら、脱色液を洗い流す時間が来るのを待つ。私とカカシはスカートであることも気にせず、イスに座るライオンを正面にしてコンクリートの上の敷物にあぐらをかいた。

ブリキはライオンの後方で、『オズの魔法使い』を読んでいる。

「ねえ」と私はライオンを見上げた。

「答えにくい質問してもいい？」

「いいですよ」とライオンは言ってくれた。

「また敬語！　……もう、まあいいか」

私が肩を落とすと、彼も申し訳なさそうに苦笑する。そんな態度がダメだっていうのに。

「……自殺しようと思った原因って、いじめられているから？」

少し間《ま》を置いて、ライオンは苦笑したまま小さい声で答えた。

「……それもあるかな」

カカシが突然立ち上がり、ブリキから『オズの魔法使い』を奪ってきた。

「ライオンはね。臆病《おくびょう》なの。だから勇気が欲しくて、ドロシーと一緒に旅をするんだよ」

開かれたページには、二本足で立つライオンの挿絵《さしえ》が載《の》っている。

「でも本当はちゃんと持ってた。そんな話でしょ？」

ライオンは困ったように頬《ほお》を掻《か》いた。

「勇気、ないんだろうなあ。嫌なことがあっても、いつも笑ってやり過ごしていました。少し我慢して笑って、平穏に終わればそれでよかったんです。笑ってた。ずっとずっと、楽な方法を選択していました。でも、もしかしてそれは……最悪の方法だったのかな」

話しながらも、ライオンはずっと笑っていた。けれど私たちは知っている。彼はこうして泣いているんだ。泣きながら、表情は勝手に笑顔を作ってしまうんだ。

私たちは彼に何をしてやれるだろう。泣けない彼の代わりに泣くことは許されるのだろうか。ライオンの心はきっと、私たちが想像しているよりも遙《はる》かにきつく締めつけられている。

「でも、前よりは苦しくなくなりました」とライオンは顔を上げた。

「ここに来れば空を見ることができる。カカシやブリキやドロシーもいるし。ここに来れば落ち着くんです。ここが僕の居場所だから」

昨日私がカカシに話したのと同じようなことを、彼は言った。屋上でしか息ができないのはやっぱり私だけじゃないんだと思い、嬉《うれ》しくなる。

「だからここには、嫌なものを持ち込みたくないんです」

ライオンはそう続けた。いじめられながらも、彼は決して屋上の存在を話さなかった。自分の天敵にこの場所が知られるのを恐れたのだ。

私たちの関係は、友達と呼べるものではないのかもしれない。でも。

「ライオンは、ライオンでしょ？」

世界から切り離されたこの屋上の上では、このオズの国では、私たちは物語の登場人物だ。

「ライオンってのは本当は強いんだよ。勇気を手に入れたライオンは決して逃げることはない。オズはそんな話だったと思うけど」

私の言葉に、カカシが同意してくれた。

「うん。ライオンは勇気を貰《もら》って超強くなるんだよー。怪物にキバをむいて、ドロシーを護《まも》るの。がお！」

「ほらね。ちゃんと私を護ってよ、ライオン」

彼は照れたように笑って、顔を伏せた。


ひと気のない女子トイレにブリキ以外の三人で侵入し、ライオンの髪を洗った。持ってきたリンスとシャンプーを惜しみなく使い、ふんだんに泡立たせる。

髪を拭《ふ》いたライオンの頭は、ほどよく色味が抜けて茶色に染まっていた。

「うわあ、誰、この人……？」

ライオンを見上げ、カカシが驚きの声を上げる。

入ってきた女生徒が茶髪の男の姿を見て、「ひ」と叫んで逃げ出した。その様子が可笑《おか》しくて、三人で腹を抱えて笑った。

「よし、通報される前にさっさと戻って続きをしましょう。同じことをもう一度するのよ」

「えええええ？」

かくして。二度のブリーチを経てライオンは完全に生まれ変わった。元々が細長の長身で白い肌。その肌に極めて近い髪色が合わさって、彼は異質な存在感を放っていた。二度目のブリーチ中、ついでに眉《まゆ》を整えてやった甲斐《かい》もあり、ぱっと見イケメンにすら見える。ダイヤの原石を磨《みが》き上げたプロデューサーとはこんな気分なのだろうか。なんて達成感だ。

「ちょっとポケットに手突っ込んでみてよ。もっと、ふてぶてしく」

「ライオン、違う人みたいだねえ」

カカシは手を叩《たた》いて喜んでいた。

赤いネクタイを緩《ゆる》ませ、きっちりインされたシャツの裾《すそ》を出す。〝人間の決めたルールになんて従わないぜ〟という野獣っぽさを演出するのだ。

「これで登校するの……?」

当のライオンは不安そうに呟《つぶや》く。

「そ。あと君、今から野菜禁止だから。明日から肉だけで生きて」

「ええええ?」

「やればできるよ。ライオンという生き物は愛《いと》しい我が子をあえて谷底に落とすと聞くわ。強くなるには必要なことなの」

「それは獅子《しし》だ」

後方でブリキの声。キッ、と睨《にら》みつける。

「ちなみにここでの〝獅子〟とはライオンではなく、中国における伝説上の聖獣を指し――」

「うっさい! 心意気は同じなの!」

傾けられた薀蓄《うんちく》を遮《さえぎ》ってやると、ブリキは本に視線を落とし聞こえない振りをした。もう日も沈んで文字なんて読めないだろうにさ。可愛《かわい》くない。

ライオンの方へ向き直る。よし、最後の仕上げだ。

私は自分の鞄《かばん》からアッシュグレーのヘアバンドを取り出した。手編みの布製で、引っぱると伸びる。ターバンと言った方が近いのかもしれない。初デートのときに、アメくんに買ってもらったものだ。

ヘアバンドをライオンの頭につけてみた。ボサボサの髪が後方に集まり、それはまるで百獣の王のたてがみのように見える。

「かっこいい！」

私とカカシは声を合わせてはしゃいだ。我《われ》ながら自分のプロデュース力が恐ろしい。ライオンはもう立派なライオンだ。

「がおー」と夜空にカカシが吠《ほ》えた。

私やライオンも嬉《うれ》しくなって「がおー」と吠える。がおーがおーとアホのように、私たちははしゃぎ続けた。

私たちは変わってゆける。そんな気がして嬉しかった。何かが変わっていくというのに、じっとなどしていられるものか。

なぜ吠えるのか？　そこに月があるからさ！

「あおぉおぉおーう」

「それは狼《おおかみ》だ」とブリキが言うのでキッ、と後ろを睨《にら》んだ。

「ちなみに月と狼の関係性と言うのは、驚くべきことに――」

「うっさい！　心意気は同じなの！」

ブリキは本に視線を落とし、聞こえない振りをした。

×　×　×

翌日は朝から落ち着かなかった。本物のライオンになったライオンがどんな状況にあるのか、気になって気になって仕方がなかった。

気になるならC組に見に行けばいいのだけれど、それは放課後までのお楽しみだと自分に言い聞かせて我慢した。そんな野次馬《やじうま》根性を発揮せずとも、ライオンはきっと放課後には屋上へ報告に来てくれるに違いないのだ。

と、思っていたのだけれど。

昼休みにカカシがどうしても見に行きたいと言う。仕方なく、二人でこっそり覗《のぞ》きに行った。カカシは一年生なので、ひとりで二年生の教室には行きづらいと泣くのだ。仕方ない。

けれど教室にライオンの姿はなかった。黒髪に戻っている可能性も考えて目を凝《こ》らしてみたけれど、どこにも彼らしき人物は見当たらなかった。

「隠れてたんじゃないのか」

屋上で針に糸を通そうと片目を瞑《つぶ》りながら、ブリキは冷たく言い放つ。

「あんな破天荒《はてんこう》な髪で登校できる方がおかしいだろ。あんなもの勇気とは言わない。バカだ」

オムライス弁当の上にプラスチックスプーンを休ませ、私はブリキを睨みつける。「そんなことない」と言えないのが悔《くや》しい。

「ってゆうかさ。今更何を言ってるわけ？　昨日はあんなにノリノリだったくせに」

「俺が？　ノリノリだったのはお前らだろう」

「じゃあなんで昨日本読んでる振りして座っていたわけ？　もう暗くて本なんて読めたもんじゃなかったのにさ」

「別に本を読んでいたわけじゃない」

「じゃ何？　何してたの」

「お前には関係ない」

でた。関係ない。

「その布は何に使うの？」

「お前には関係ない」

「あんたいつご飯食べてるの？」

「お前には関係ない」

「その眼鏡《めがね》似合ってるよね」

「お前には関係ない」

「何さ！　最後のは褒《ほ》めてたのに！」

「おない」

「略すな！」

小さな針の穴にようやっと糸が通ると、ブリキの表情がふ、と綻《ほころ》ぶ。何だろう。ビンタしてやりたいムカつく笑顔。この人と話すとすごく疲れる。いや、これで話しているとは言えないのだろうけど。

カカシは『オズの魔法使い』を読みながら黙々とフランスパンの欠片《かけら》を噛《か》み千切《ちぎ》っている。ブリキのことなんて、気にする方が負けなのかもしれない。再びスプーンを動かす。

ライオンは学校に来ていないのかも。心配したけれど、彼のケータイの番号も、本名すら知らない私に、それを確かめる術《すべ》はなかった。

そうこうしているうちに放課後。異変はいつの間にか、校舎の外で起きていた。教室で教科書を鞄《かばん》につめていた私は、廊下に集まる人たちが皆、窓の外を見下ろしていることに気づく。人垣を掻《か》き分けて窓辺に立つと、眼下の焼却炉《しょうきゃくろ》付近に人だかりができていた。生徒たちが円を作り、その人壁に囲まれるようにして二人の男が向かい合っている。ひとりはあの赤い顔のサル。そしてもうひとりは、ライオンだった。その制服は私が崩した着こなしなんかよりも遙《はる》かに崩れていた。シャツはよれよれで、ボタンが幾《いく》つか外れてるようにも見える。

「小夏《こなつ》、あれ何してんの？」

隣に立つ、クラス随一の情報通である小夏に尋《たず》ねてみる。

「詳しくはわかんない。何か決闘してるんだって。あの金髪の子いるじゃない？　あの子が一対一の勝負を吹っかけたらしいんだよ。あれはきっと戦いの申し子だね。戦いの中でしか生きられない……触れるもの皆傷つけるって感じ？　見なよ、笑ってる」

さすがは情報通、今日もおでこが眩《まぶ》しいぜ。

「たぶんそれ、すっごい美化されてるよ」

小夏にお礼を言い、私は階段へ走った。

焼却炉にたどりついたと同時に、前方の野次馬《やじうま》たちが一斉《いっせい》に「わあっ」と声を上げた。私には彼らの背中しか見えず、何が起こったのかわからない。

何とかライオンの様子が見たくて、精一杯背伸びをした。

野次馬を掻き分けて前列に出たとき、ライオンはすでにボロボロの状態だった。シャツは砂で黄土《おうど》色に汚れ、頰《ほお》は腫《は》れているように見えた。そんなライオンを、赤ザルはただでさえ真っ赤な顔をさらに赤くして、容赦《ようしゃ》なく踏みつけている。

「おい、がんばれ！」

「っしゃあ。立てっ。立つんだあ」

「お前に賭《か》けてんだぞお」

「大穴やっぱ無理かあ」

生徒たちは腕を伸ばし、それぞれライオンを罵倒《ばとう》する。一部の人間はその攻撃に歓喜し、また別の人間は倒れ込むライオンに頭を抱えた。彼らはただ見ていた。目の前で起こる暴力を、まるでショーでも見ているかのように眺めていた。

「やっ、やめなよっ！」

前に出て赤ザルの腕を摑《つか》む。周囲の視線が刺さる、とその瞬間に腕を払われた。

その衝撃に後退して顔を上げると、目の前にサルの赤い顔が迫っていた。

「何だてめえは！」

「セ、セセセセコンド……」

「あぁ!?」

「ひゃっ」

気迫に気圧《けお》され、足が震えた。赤ザルの影で視界が暗くなる。こいつが……ライオンの手を引いて走ったあのとき、運動場で対峙《たいじ》したあの赤ザルだろうか。戦闘態勢に入ったサルは鬼のように怖い……！

おおっ、という歓声と共に赤ザルの襟首《えりくび》が引かれ、視界が広がる。私と赤ザルの間に割って入ったのは、いつの間にか立ち上がっていたライオン。

肩で呼吸する合間に二、三度咳《せき》をする。

ライオンの身長は赤ザルと同じくらい大きいけれど、奴《やつ》の鍛え上げられた体育会系な筋肉と比べれば、その細長い体はなんて文化系だろう。

こんなの、絶対勝てるはずがない。

私に背中を向けるその足は、私と同じように震えていた。

「大丈夫、だから。ドロシーは、見ていてください」

「ライオン……」

「……せめて一発だけでも、殴《なぐ》ってやる」

自分を奮《ふる》い立たせるように、ライオンは拳《こぶし》を強く握った。

「ドロシー、オレ、変われるかな」

「……変われるよ、絶対。ライオン。がんばって」

「ん」

腫《は》れた頬《ほお》を肩越しにこちらへ覗《のぞ》かせ、ライオンは笑う。

そして、握った拳を前に構えた。

ライオンは殴られては倒れ、そのたびに起き上がった。その姿に向かって誰かはケータイのシャッター音を鳴らし、ほかの誰かはダラシガナイゾと叱責《しっせき》した。見上げた校舎の窓からはたくさんの人が顔を出し、ライオンの惨《みじ》めな姿を好奇の眼差《まなざ》しで見下ろしていた。

完全なるアウェイだ。こんなの決闘なんかじゃない。誰もライオンを応援なんてしていない。

この人たちが見たいのは非日常な光景であって、自分とは関係のない位置から興奮を感じていたいだけなんだ。

ライオンの拳《こぶし》は当たらない。彼が腕を振るたびに赤ザルは大げさに避けて、観客に力の差をアピールした。足を差し出しただけでライオンはそれに躓《つまず》き、よろけてしまう。

ライオンが隙《すき》を見せても、赤ザルは余裕ぶって攻撃をしなかった。それが、観客に向けたパフォーマンスなのだろう。こんな遊びに本気になるなんてかっこ悪い、きっとそう思ってる。

だから、わざわざ「俺のターン！」なんて宣言してから反撃する。

けれど、ライオンはくじけない。殴《なぐ》られ、蹴《け》られて片膝《ひざ》をついても慌《あわ》てて立ち上がろうとする。そしてこれは意識してのことではないのかもしれないけれど、やっぱりへらへらしているのだ。それが赤ザルを挑発する。

赤ザルの鋭い拳は何度もライオンの細い体に突き刺さり、そのたびに、身を守るライオンは小さく丸まっていった。震える足が一歩前へ進む。ライオンにしてみれば、赤ザルの腰にしがみつくのだって精一杯だ。

攻撃はやまない。

赤ザルが肘《ひじ》をライオンの背中へ落とすと、その細い体は衝撃に跳《は》ねた。何度も何度も、肘が振り下ろされ、背中の防御ができないライオンはそれでもただしがみつくだけ。だらりとライオンの力が抜けた瞬間、非情にも赤ザルの膝が、その顔面を捉《とら》えた。

「ライオン！」

頭が大きく後ろにのけぞり、ライオンは倒れるかと思えた。彼らを囲むすべての観客もそう、思っただろう。けど、ライオンは倒れなかった。下げた片足を踏ん張って、なんと彼は、胸を反《そ》らしたまま静止したのだ。

「おお」と感嘆の声が周囲から漏《も》れる。

しかしライオンは、両腕を垂《た》らしたその状態のまま、動かなかった。

「おめえよ」

赤ザルがライオンの顔面にぶつけた右膝をはたきながら言う。

「何がしてえの？　おめ変わったっつったよなあ？　何が変わったの？　髪？　ふざけてんの？」

ライオンの胸が、微《かす》かに上下しているのがわかる。よく見ると、その細い目だって開いていた。ただぼうっと、視線の先に広がる青い空を眺めていた。

まだ、大丈夫なのかな。立ったまま気絶、というわけではないらしい。

「全然変わってねえじゃん、ぷっ」

赤ザルは片目を眇《すが》め、ライオンをせせら笑う。

「同じだよ。おめえさ、イラつくんだよ。なあ。おめえも一生、眠らせてやろっか?」

瞬間、目を見開いたライオンが、上体を起こす。

「ッ……!」

赤ザルの右ストレートが、無防備なライオンの左頰《ほお》を打ち抜く。ドッと歓声が沸き起こり、ライオンは今まで見たこともないくらいに、飛んだ。

彼の頭からヘアバンドが抜け、地面に投げ出される。砂にまみれて地を滑るそのヘアバンドを、まるで汚い物から逃げるように、野次馬《やじうま》たちは必死になって避けた。

ライオンはすぐに肘《ひじ》をつき、這《は》いつくばって体を引きずり起き上がろうとした。ボサボサの金髪が爆発して、ライオンの表情を隠していた。

惨《みじ》めだった。こんな状況でも、彼の表情筋は笑顔を選択しているのだろうか。

赤ザルが得意気に片腕を掲《かか》げると、再び歓声が沸く。こいつらは何もわかっていない。ライオンの苦しみも悲しみも、その勇気だって知らないくせに。ライオンは変わろうとしている。変わろうと必死でがんばっている。なのになんで笑っていられる。何がそんなに可笑《おか》しいんだ。

悔《くや》しくて涙が溢《あふ》れた。でも誰をどう憎んでいいのかわからなくて、何もできない自分を憎んだ。ライオンは今、ひとりぼっちだ。私は優しくなんかない。私には何もできない。膝《ひざ》が震えて、動けない。

「……ライオン……」

呟《つぶや》いた言葉は歓声に掻《か》き消された。私は無責任に彼を変えようとして、結局ライオンを追い詰めている。私は関係ないのに、無理やり干渉して、なのに助けることはできなくて。

「もういいから。ライオン……ごめん」

よたよたと立ち上がろうとして片膝をつき、ライオンは倒れてしまった。

二人の脇《わき》にいた猫背のオオカミがカウントダウンを始めると、合わせて周りの野次馬たちも声を揃《そろ》えた。まるで皆で彼を押さえつけているかのように、この世界から弾《はじ》き飛ばそうとしているかのように、歓声は惨めなライオンの頭上に降った。

「……フォー……ファイブ……シーックス……！」

興奮に満ちた歓声が広がる。赤ザルが勝利を確信してポーズを決め、前列の野次馬たちとひとりひとりハイタッチして駆け回った。その足が、砂埃《すなぼこり》にまみれたヘアバンドを踏みつける。

私は顔を覆《おお》ってしまった。誰も望んでいないのに、それでも立ち上がろうと腕を伸ばすライオンを見ていられなかった。そのまま倒れていいてほしいとさえ願った。

我慢して笑って、平穏に終われればそれでよかったと彼は言った。のんびり屋のライオンは、あの屋上で、のんびり昼寝だけしていればよかったのに。

私は彼を、最も似つかわしくない決闘の場へと駆り立ててしまった――！

「ライオーン。がんばれー」

呑《の》み込まれてしまいそうな歓声に紛《まぎ》れて、声が聞こえた。その声援は校舎の方から。生徒たちが一斉《いっせい》に声の主《ぬし》を探して視線を向ける。

一年校舎の外付け階段に、飛び跳《は》ねる小さな姿があった。

「ぶっさいくなサルなんか嚙《か》み殺せー。内臓引きずり出し殺せー」

場違いな応援に、思わず口元が緩《ゆる》んだ。

——言葉が汚いぞ、カカシ。

人垣でできた円の中に男子生徒がひとり、進み出る。両手をぶっきらぼうにポケットへ突っ込んだ彼は不機嫌に表情を歪《ゆが》め、真《ま》っ直《す》ぐ足を踏み出した。

突然の乱入者に沈黙が生まれる。周囲の目が、今度は彼に向けられた。

彼が赤ザルの前を横切るのを、ヘアバンドを拾い上げるのを、私たちは固唾《かたず》を呑んで静観していた。

「……うそ」

眼鏡《めがね》で、黒髪。あのオレンジ色のマフラーは。屋上以外で初めて見た。あれはブリキだ。

ブリキはヘアバンドを自らの腰に叩《たた》きつけて砂埃《すなぼこり》を払い、ライオンに向かって差し出す。

立ち上がったライオンがそれを受け取るとき、ブリキが何かを呟《つぶや》いた。小さな声は聞き取れなかったけど、唇《くちびる》の動きで理解することができた。

再びヘアバンドを装着したライオンは敵を見据《みす》え、擦《かす》れた声で、でもはっきりと言った。

「……オレは、ライオンなんだ」

生徒たちが再び、ざわめき始める。

「ライオンは、強いんだ」

彼を気味悪く言う、周りの声が聞こえた。罵詈雑言《ばりぞうごん》を浴びながら、それでもライオンは言葉を止めない。

「勇気あるライオンは、絶対に、負けないんだ」

ブリキのそばで、ライオンは低く構える。

その視線は真っ直ぐに、赤ザルへ向けられている。

三人を囲んで、ざわめきは大きくなる。なんだコイツ？　頭打ったんじゃない？　やばいよね。救急車呼べよ。キモっ。何言ってんの？　意味わからないんだけど。

意味なんてわからなくていい。この人たちはわかろうとしないんだ。そんな人たちに、私たちの気持ちなんてわからなくていい。

ライオンが、空気を胸一杯に吸い込む。

「んがああああああああああああああぁお!!」

それはとてもとても大きな咆哮《ほうこう》。一瞬にして、ざわめきを掻《か》き消してしまうほどに。

学校中が黙り込んだ静寂《せいじゃく》の中、ただひとりライオンだけが、にんまりと笑った。

一歩、二歩、赤ザルへ向かって足を踏み出す。

ボロボロの体を引きずって、静寂の中ひとり、歩き出す。

たった一発。それだけを当てるため、防御も回避もすべて投げ出して、拳《こぶし》を握ったライオンはついに駆け出した。

ただ真《ま》っ直《す》ぐに、赤ザルだけを見据《みす》えて。

私はさっきブリキが呟《つぶや》いたのと同じ言葉を叫ぶ。

「――いっけえええええっ！」

飛びかかったライオンは固く握った拳を振りかぶり、捉《とら》えた赤ザルの顔面へ放った。

静寂を破る打撃音。

その拳は敵の左頬《ほお》を打ち抜き、ライオンは勢いもそのままに、赤ザルに覆《おお》い被《かぶ》さるようにして倒れ込む。

大きな歓声が、辺りを包んだ。

その後ライオンは起き上がることもなく、赤ザルにボコボコに蹴《け》られ続けた。やがて駆けつ

けた教師が止めに入り、生徒たちは散り散りに解散していった。

私は以前屋上でしたように、仰向《あおむ》けに眠るライオンの顔を覗《のぞ》き込む。腫《は》れてより細くなった彼の目が静かに開いた。

「おはよう。気分はどう？」

「……さいてーい」

そう答えたライオンが八重歯《やえ》を覗かせて笑うので、釣られて私も笑ってしまった。

ライオンはやっぱりライオンだった。

彼の視線を追って見上げると、ライオンの好きな青空が、大きく広がっていた。

3　カカシ

エメラルドの都へたどりついた四人に、大魔法使いオズは言いました。

「わしの魔法を使ってそれぞれの願い、かなえてやらんこともない。だが条件がある。願いをかなえたくば西のわるい魔女をやっつけろ！　ドロシー、お前は東の魔女をぺしゃんこにしたそうじゃないか。できないことはないじゃろう？」

「そんなの、むりだわ！」

泣きだすドロシーに、カカシやブリキ、ライオンは言います。

「ぼくたちもおともするよ。みんなで願いをかなえよう！」

四人はふたたび旅にでました。

めざすは西の国。わるい魔女をたおすために。

× × ×

「妙に怪しいんだよね、最近」

頭上から降る声に、席を立とうと腰を浮かせていた私はピタリと動きを止めた。見上げればクラス随一の情報通・小夏《こなつ》が、蛍光灯の明かりをその広いおでこに反射させている。

「な……何が？」

さも今、私の存在に気づいたかのように、彼女は私を見下ろした。

「あら、聞かれてしまった？　独り言」

私の机のすぐそばで何を言う。

「仕方ない、言おう。最近妙に付き合いが悪いんだ。いや、付き合い悪いのは前からだったんだけどさ。彼と別れたらしいじゃない？　彼女。それから。それから昼休みや放課後になるとすすーっと消えちゃうんだよね。ううん。消えちゃうのを咎《とが》めてるんじゃないの。ただその消え方がね。何かを隠してるっていうか、人の視線に怯《おび》えてるっていうか。あなた何か知らない？　F組の三浦加奈《みうらかな》のこと」

おい、それ私だ。

「な、何言ってんの。怪しくないでしょ」

「怪しい！　どこ行ってんの？　毎日毎日。楽しいこと？　うちに隠れて楽しいこと？」

「いいえ。どこ行ってるかって？　墓参り。最近死んだの。おじいちゃん」

ごめんなさい、おじいちゃん。

屋上は本来、立ち入り禁止の場所だった。ライオンが赤ザルたちから隠していたように、私も気を遣《つか》っていたのだけれど、なんてことだ、屋上へ向かう私はそんなに怪しかったのか。

「うそっ！　いつ？　おじいちゃんいつ死んだわけ？　おかしくない？　そんな毎日お墓参り行く？　休み時間になるたびに行く？」

「私、超おじいちゃん子だったんだよね。ああおじいちゃん、どうして死んでしまったの」

今も元気に人生謳歌《おうか》中の祖父を想《おも》って泣けない自分が悔《くや》しい。

小夏は腕を組み、怪訝《けげん》な表情で私を見下ろしていた。

「屋上……」

「え」

「……へ続く階段付近で、うろちょろしているのが目撃されているんだよ。加奈」

ぎく。

「ぎく？　今ぎくって言った？」

「言ってないよ。やだなあ小夏。あ、いけない、お昼休み終わっちゃうわ。待っててね、おじいちゃん。今行くから」

音を立てて席を立ち、すすすと教室を出る。背中に小夏《こなつ》の視線を感じた。

屋上へ続く階段は第一視聴覚室のそばに位置する。特別な授業以外では使われないそのフロアにはひと気がない。そのうえ殺人事件のように仰々《ぎょうぎょう》しく、階段の前には立ち入り禁止を示す紐《ひも》が横切っているから、誰もその先の黄色い扉《とびら》が開くことに気づいていないのだろう。

ブリキには「もう来るな」と言われていた。それでも何だかんだ言って私の出入りを許容してくれているのは、「誓って誰にもバラさないから」と強く約束したからだろう。

そんな秘密基地の存在が見つかってしまいそうなら、行くのはしばらく控えた方がいいのかも。そう考えると心細くなった。屋上以外に、今の私は自分の居場所を見出《みい》だせない。あの場所以外では、いつ襲ってくるかもしれない過去の思い出に怯《おび》えながら過ごさなければならない。


昼飯どきの売店は盛況で、育ち盛りの生徒たちでごった返していた。

お昼どきになると、この学校には多くの弁当屋さんが訪れる。吹き抜けのフロアに満ちた人いきれを前に、食欲の減退を感じた。

〝待ってて、俺買ってくるから〟

アメくんはいつもそう笑って、頼もしい後ろ姿を見せてくれた。それも一か月以上も前の光景だけど。

弁当は後回しにして、自動販売機のある方向へ足を進める。

〝加奈《かな》〟

アメくんの声が頭に響いた。一度思い出してしまえば、無理やり抑え込んでいた感情はじわじわと滲《にじ》み出てくる。そんな自分が情けなくて、格好悪くて、下を向いて早足で歩いた。

自動販売機コーナーにも、生徒たちは列を成していた。大人しく一番後ろに並ぶ。すると前方に、見覚えのある後ろ姿を見つけた。懐《なつ》かしい背中。頼もしかった背中。

アメくんは黒髪の女の子と並んでいた。心臓が跳《は》ねる。

二人は揃《そろ》ってジュースを買い、歩いて行く。私はその姿を見ないように努めた。私には関係ない。隣の子がアメくんとどういう仲だなんて、それを知る権利なんてないし、咎《とが》める理由だってない。けれど、どうしよう、胸の動悸《どうき》がおさまらない。

確かめるだけ。

そう自分に言い聞かせて、二人を追った。彼らが恋人同士でないとわかれば、この苦しみから解放されるかも。たとえ付き合っているとしてもさ、だから何だって言うの？　諦《あきら》めきれるかもしれない。踏ん切りがつくかもしれない。

少し歩いて、溢《あふ》れる生徒の中で二人を見失ってしまい、辺りを見渡す。彼らの姿はどこにもなかった。でも、私には心当たりがあった。

校庭を見渡せる位置に茶色のベンチが設置されていて、私はベンチの後方にあたる花壇の茂みに身を潜《ひそ》める。予想通り、二人はベンチに並んで座っていた。

青くさい生け垣の隙間《すきま》から二人の様子を窺《うかが》う。柔らかな日差しが、女の子の長いストレートの黒髪を照らしていた。彼らは何やら談笑していたけれど、その内容までは聞こえない。この距離からでは、二人の関係なんてわからない。

女の子が鞄《かばん》から弁当箱を取り出し、アメくんに渡すのが見えた。アメくんは遠慮がちに、それでも弁当箱を受け取り、耳を赤くした。

その横顔を眺めて、私は「ああ」と胸中に呟《つぶや》く。「ああ、もうダメだ」と。この場所へ来た時点で、本当は気づいていたんだ。あの頃、私と座っていたお気に入りのベンチで、アメくんは違う女の子へ笑顔を向ける。

その笑顔を、私は知っていた。優しいその笑顔は、かつて私だけに向けられていたものだ。私と二人っきりでいたときにだけ、見せてくれた笑顔だ。

見ていられなくて、二人に背を向けた。

ああ。

私はまるでストーカーだ。涙がこぼれそうになって、顔を覆《おお》う。胸が軋《きし》んだ。二人の様子を見て、苦しみは消えるどころか一層強く私を締めつけた。

今にも飛び出して壊したくなる。すべてめちゃくちゃにしたくなる。

まいったな。私まだ、好きなんだ。

「ごめん」

これは罰《ばつ》だね。いつまでも未練たらしくあの人を追いかけている罰。上手に彼を嫌うことができたなら、すべて丸く収まるのに。苦しまずに、終われるのに。

まだ好きで、忘れることができなくて、アメくんに申し訳ないよ。

でも、どうすれば嫌いになれるかわからないんだ。

「……ごめん……」

どうすればこの醜《みにく》い感情を消せる？　泣いてはいけないと唇《くちびる》を嚙《か》んだ。ここで泣いてしまったら、感情を剝《む》き出しにしてしまったら、このわがままなストーカーは何をするかわからないじゃないか。

急いで屋上へ行かなくちゃ。屋上なら私はストーカーなんかじゃなく、うまくドロシーを演じられる。あの世界の中でだけ、私はこの苦しみを、アメくんを忘れられる。

心臓の鼓動が速くなっていた。

息が苦しくて、死んでしまう――。

「ドロシー？」

突然頭上に声を聞き、顔を上げた。

「……カカシ」

カカシは相も変わらず感情の読めない表情で、「どうしたの」と尋《たず》ねてくる。

膝《ひざ》を抱えて顔を隠した。こんな姿、見られたくなかった。

「何でもないよ」

カカシは私の正面に屈《かが》む。やだな。この子は空気を読んだりしないのだろうか。

私はうつむいたまま呟《つぶや》いた。

「……なんでこんなところにいるの」

「ドロシーが歩いてるの見つけて、追いかけてみたのー」

抑揚《よくよう》のない、それなのに陽気な答えが返ってくる。

今はそばにいてほしくない。ひとりにしておいてほしい。

気配が動いて、顔を上げると彼女は私の隣に四つん這《ば》いになり、生け垣の隙間《すきま》からベンチを覗《のぞ》いていた。

「あれが、四秒に一回の男?」

「違う。違うよ」

「隣の女は、誰?」

「……わかんないよ」

「そう」

カカシは無表情のまま、私のそばに腰を下ろして膝を抱えた。身を隠して垣根の裏に並ぶ女子高生とは、さぞみっともない光景に違いない。彼女は一体、何がしたいのかと困惑する。

昼休み中の校内は騒がしく、生徒たちのはしゃぐ声が響いていた。

カカシが現れたことに動揺して、それを隠そうとして、感情は逆に落ち着いていた。涙はもう出ようとはしない。大丈夫。

こて、とふいにカカシが頭を私の肩へ預けた。

「早く屋上に行こー」

無感情に彼女は呟いて、私は「うん」と頷《うなず》いた。

×　×　×

小夏《こなつ》に勘ぐられた日から、私はより一層辺りを警戒して、結局は屋上へ足を運んでいた。昼食は屋上でとったし、放課後もだいたいは屋上へ向かう。簡単な宿題であれば筆記用具を持って屋上でこなした。

ライオンが変身を遂げてから数日後。私たちの生活は一変、なんてことはなかった。カカシはいつものようにうろちょろと屋上を歩き回り、ブリキは毎日毎日飽きもせず本を読んだり、布を縫《ぬ》い繋《つな》げたりしていた。

ただライオン本人だけは、確実に変わっていた。

あの日、ライオンが決闘をした日、お昼すぎになって登校した金髪のライオンは、当然のように赤ザルたちに絡《から》まれた。

「だっせえってさ、言われたんです。二人がカッコいいって言ってくれたこの髪形。どうせ囲まれるんだろうなあと思ってさ、その前にこっちから言ってやったんです。一対一で勝負しようって」

ライオンは戦った。確か『オズの魔法使い』にも、悪い魔女の手先にサルがいなかっただろうか。空とぶサル。ライオンはそいつに勝った。いや、決闘としては負けてしまったけど……。でも宣言通りに一発殴《なぐ》ったんだ。それは大いなる一歩に違いない。

だらだらとコンクリートの上に転がり、ぼんやり空を眺める姿はいつもと同じ。けれどその顔や体には、雄々《おお》しき痣《あざ》が目立つようになった。現実逃避して寝てばかりの〝臆病《おくびょう》なライオン〟から、〝やるときはやるライオン〟に変身したのだ。

彼のマイブームは〝決闘〟らしい。あのサル一派と接触するたび訪れるリベンジチャンスに、心臓が高鳴るんだって。

「この前初めて一勝したんです。コツがわかってきたんだよ。驚いた、なんで今までこんなこと気づかなかったんだろうって。いい？　ドロシー。つまりね？　……見るんじゃないんだ。感じるんだよ」

興奮気味にライオンは話す。何か大切な秘密を打ち明けるように声を潜《ひそ》めるが、女の子の私にはさっぱりわからない。「へえ、そうなんだ」と曖昧《あいまい》に頷《うなず》く。

　彼は、放課後の数時間はシャドーボクシングに勤《いそ》しむようになっていた。体育着に着替え、本格的に汗を流す姿は微笑《ほほえ》ましい。「ボクシング部に入ってみたら？」と提案すると、「やですよ。ここに来れなくなる」とかわされてしまった。でも確かに。ライオンが来なくなったら寂しい。

「うーん。でもせっかく変われたんだから、何かしたいとこよね……じっとしてられないわ」

「何をだ。そいつが変わったからって、俺らが変わる必要などない」

　ふいに足元から声。ブリキが会話に参加するなんて珍しい。けれど視線は本に落としたまま。あれ。今こいつが喋《しゃべ》ったんだよね。

「あるでしょ、必要。変われば、復讐《ふくしゅう》なんて物騒《ぶっそう》なことしなくてよくなるかもよ？　高校生は高校生らしく、部活とかに精を出すべきだよ。ね！　ライオン！」

「ま、まあ……そうかな……？」

「ほら、ね！」

「バカバカしい」

　ブリキはうっとうしそうに顔を上げ、ライオンの金髪を睨《にら》みつけた。

「変えられないものもある。俺は復讐をやめたりはしない」

　それからすぐに読書に戻る。何なんだこいつは。何を怒っているんだ。

「何よ、変えられないものって」

「黙れ。もう死ね」

「〝もう〟ってなにさ、〝もう〟って！　用は済んだから死んでもいいよー？　みたいな？　あんたのために生きてるわけじゃないし！　何様!?」

仁王《におう》立ちして睨《にら》むこと数十秒。ブリキからの反論はない。

何これ、無視？

「じゃあさ、みんなで部活作っちゃおうよ。ここが部室。部活名は……うん。オズ部！」

私の名案に、ライオンはそっと視線を逸《そ》らした。

「ねえ、どう？　オズ部。よくない？」

振り返って尋《たず》ねる。カカシは屋上の隅に逃げ去ってしまった。むう。

「ライオン、ライオン！　部活名は……なんと……」

背中を見せるライオンの前に回り、両肩に手を乗せた。

「オズ部！」

彼は何も言わず目を合わせようともしないけれど、ああ、これは「めんどくさいな」の表情だわ。

「活動内容は？」

再び足元から声。今日はよく喋《しゃべ》るな。こいつホントは友達が欲しいんじゃないだろうか。

「それはもちろん、お昼寝とか、読書とか」

「何も変わらんだろうが。お前バカか」

憎たらしい眼鏡《めがね》くんの首をキュッとやりたい衝動を抑え、大人な私は冷静に答えた。

「変わるわ。モチベーションが変わるの。日が沈んだと同時に『あー今日も部活がんばった』って達成感を味わえるでしょ？」

「がんばってないのにか？　だいたい何だ〝オズ部〟ってのは、痛々しい。文科系？　体育会系？　意味がわからん」

「〝痛々しい〟ゆうな。決まってるじゃん。お昼寝するんだよ？　体育会系だよ」

失礼なブリキは鼻で笑う。その仕草《しぐさ》に「話になんねえぜ」的な意図を汲《く》み取りムッとした。

「異議があるなら手を挙げなさいよ」

「なんで昼寝が体育会系なんだ。寝汗や手汗で達成感を得られるのかお前は。ダメだ、今気づいた。バカとは話すのも疲れる」

「バカって言った方がバカだ、バカ！」

「おい、お前今語尾にがっつり〝バカ〟ってついてなかったか」

「ふん」

異議があるのか、ライオンが手を挙げる。

「きゅう……」

気がつくと、私の右腕に首を絞《し》められたライオンが苦しそうにもがいている。しまった、こっちの首をキュッと絞《し》めてしまった。

「わあ！　ごめん、大丈夫？　ライオン」

「腕力はあるようだな。さすが、体育会系」

「べぇ」

蹴《け》り飛ばしたくなるくらいに失礼なブリキに舌を出し、その場を離れる。これ以上、小者とくだらない会話をするつもりもない。私はこう見えて大人なのだ。寛大なのだ。

することのない私は屋上をぐるりと散策した。太陽の光がさんさんと降り注いで、あくびが出る。なんて退屈なのだろう。

私はウズウズしていた。ライオンが変わってゆくことが、すごく嬉《うれ》しい。彼があの赤い顔のバカザルに飛びかかって行ったときの光景は、今思い出しても興奮する。

何かしたかった。何でもいいから、この短い青春を熱くする何か。でも考えてみると、私には趣味らしい趣味なんてないのだ。高校に入ってからのほとんどをアメくんにくっついて生きてきたから、彼のいない今、私は何をすべきなのか、わからない。

とぼとぼと金網沿いに歩いた。屋上は結構広いけれど、そのあちらこちらにはガラクタの山が積まれていて、それが見た目を狭くしている。学園祭の看板だとか、脚の折れたたくさんの机、カビの生《は》えたジャージの束《たば》まである。そのさまざまなガラクタは元々屋上にあったわけではなく、ブリキが少しずつ集めてきたのだとカカシが教えてくれた。一体何のために？　相変わらずよくわからない男だ。

屋上入り口の扉《とびら》の横、側面の日陰部分に赤いポリタンクが並べられ、ブルーシートに覆《おお》われているのを発見した。フタはきっちり閉められていたけれど、ポリタンクの表面に目を凝《こ》らせば、中にはどれも液体がたっぷり入っているのがわかる。

「これって……」

「水だよ」

振り返ると、いつの間にかカカシが立っていた。

「世の中何が起こるかわからないからって。ブリキが」

「何それ、地震とか？」

「そうだよ」

へえ。水？　これも、彼らの言う復讐《ふくしゅう》に関係あるのだろうか。

「……ここさ、普段は鍵《かぎ》かかってるんだよね」

「屋上の鍵はね、ブリキが持ってんの。昔ブリキがこっそり合い鍵作ったんだって」

「へえ。したたかだねえ、ブリキ」

この秘密の屋上は、復讐の舞台ということになるのだろうか。何をするんだろう。籠城《ろうじょう》したりとか？

私は腕を組んで考えた。カカシに尋《たず》ねたって、きっとはぐらかされてしまうだろう。ならばボスに直接尋《たず》ねるのが、手っ取り早い。

「ねえ、復讐《ふくしゅう》って何するつもりなの？」

思い切って、ブリキの正面に仁王《におう》立ちする。こういうのは勢いだ。入り方が肝心。舐《な》められてはいけない。

本から私の顔へと視線を移したブリキは、不愉快《ふゆかい》そうに眉《まゆ》を歪《ゆが》めた。

「それを知ってどうするつもりなんだ」

「さあ。ちょっと興味があるじゃない？」

「お前には関係ない」

「あー出た。仲間はずれ。仲間はーずれー！　日本人って陰湿でやだな」

「黙れ、日本人」

「私はドロシー。カンザス州から来たアメリカ人ですけど？　アンダ、スターン？」

「なら俺はブリキの与作《よさく》だ。へいへいほー」

「日本人じゃんか！」

ブリキは再び本に視線を落とす。

隣に立つカカシが、私の顔を覗《のぞ》き込んだ。

「復讐したい人、いるの？」

一瞬、アメくんと黒髪の彼女の顔が浮かんだけれど、そんな邪心はすぐに掻《か》き消す。

「いないよ」

私は呟《つぶや》いた。復讐したいわけじゃない。

「いるさ」

そう言ったのはブリキだった。

「お前は恋人に捨てられて死のうと思ったんだろ。その彼に後悔させたいんだ。自分を捨てたことを」

「そんな、ことない」

私は自分がここに来た理由を話していた。だから皆知っている。私にはとても大切な人がいたこと。その人を失って、こんなにも苦しいのなら死んでしまおうと思ったこと。

「私はあの人に迷惑はかけたくなかったの。復讐したいなんて」

復讐したいだなんて、思っていなかった。私はただ……。

「じゃあなぜ死ぬ場所に学校を選んだ？　家でこっそり死ぬこともできたのに。お前は伝えたかったんだ。『あなたのせいで私は死ぬんだ』と」

何も言えなかった。言葉が出ない。私は。

「私は……」

ただ、自分を見てほしかった。アメくんの心が離れていくのが怖かった。彼の瞳《ひとみ》に映らない私なんて、何の価値もなかったから。

「そうだろう？　その証拠にあの時間、この棟《とう》の東側、その一階で授業を受けていたのは、お前の大好きな彼のいるクラスだったのだから」

胸が強く締めつけられる。彼の言葉は当たっている。だから何も言い返せないんだ。

ずっと見ない振りしてた、自分の醜《みにく》い部分を露呈《ろてい》させられる。

本当に？　私はそんな醜い女だった？

「私はただっ、あの人が私のこと忘れてくのが怖くて、私のことを覚えていてほしくて……。だから……」

「だからお前は、落ちゆく自分の姿を見せつけたかったんだ。恋人のいる教室を空中で覗《のぞ》き、驚愕《きようがく》する元カレの顔を見て、ざまあみろと笑うつもりだったんだろ？」

「ち……違っ」

「元カレに後悔させたかったんだ。自分を捨ててほかの女を好きになったことを」

「違うよ！」

「認めろよ。お前は、自分が死ぬことで誰よりも大切だった彼に復讐《ふくしゅう》を――」

「バカ!!」

そう叫んだのは私ではなく、カカシだった。彼女に罵《ののし》られてブリキは目を丸くする。そして彼と同じくらい、私も驚いていた。

「帰ろう。ドロシー」

カカシは私の手を引っぱって、並べて置いてあった私たちの鞄《かばん》を担《かつ》いだ。そうしてすぐに扉《とびら》の方へと足を進める。ライオンがシャドーボクシングをやめ、何があったのかとこちらを見ている。

こんなにも怒っているカカシを見るのは初めてだった。恐らく彼らも、初めてだったのだろう。


夕焼けが私たちの影を細長く伸ばしていた。

二人でアイスクリームを食べたあの日から、私とカカシは一緒に帰るのが日課のようになっていた。彼女はいつも踊るようにして帰り道を歩く。猫を見つければその方向に走って行ってしまうし、ふらっといつもとは違う道へ曲がったりもする。どんな話の途中でもどこかへ飛んで行ってしまうカカシの隣を歩きながら、「この子の彼氏になる人は大変だなあ」と私は苦笑いを浮かべていた。

でも今日のカカシは、うつむいて静かに歩いていた。私がブリキに言われたことを気にしてくれているのだろうか。

「カカシにはわかるよ。ドロシーの気持ち」

しばらく黙って歩いてから、カカシは静かに呟《つぶや》いた。

「好きだから、その分、苦しいんだよね。大好きになればなるほど、苦しいんだよね」

彼女が恋の云々《うんぬん》をわかろうとしてくれるのは、失礼だけどすごく意外に思えた。

「ドロシーは死ぬほど。死ぬほど彼を大好きだったたってことだよね」

比喩《ひゆ》なんかじゃなくてさ。そう言ってカカシは笑ってくれた。そんなこと言われたら、捻《ひね》くれ者の私だって自分を許してしまいそうだ。

「カカシにはわかるよ。それを彼に知ってほしかったんだよね。死ぬほど好きだったたってことを。だからもう一度好きになってってって。あのときドロシーはそう思ったんだよ、きっと」

私は彼女を誤解していたのかもしれない。その優しさに泣きそうになる。

「……カカシは、恋してるの?」

泣き出してしまう前に話題を変えようとした。

「してなーい」

簡単にそう言い切って、彼女は上り坂を走り出してしまう。

「カカシは恋なんてしなーい。誰も好きにならなーい」

「どうして?」

広げた両手を下ろして、カカシは踵《きびす》を返した。

「ドロシーはわかっているでしょ? 誰かを好きになるなんてそれは苦しくて、辛《つら》くて。とてもとても、悲しいことだよ」

らしくない落ち着いた声で彼女は言う。夕焼けの放つ逆光のせいで、その表情は黒く影に塗り潰《つぶ》されて見えなかった。

×　×　×

「カカシはこの世にいらない人間なの」

ある日、いつもの屋上で彼女は言った。

そんなことないよ、なんて簡単には言えなかった。よく考えてみたら、私は彼女のことをよく知らないのだ。

何を訊《き》いてもはぐらかされてしまう私に、彼女の心を見ることは適《かな》わない。

給水タンクの上に二人並んで座り、運動場を眺めていた。景色はいつもより遠く、広がっていた。

野球部の野太《のぶと》いかけ声の直後にキン、と爽快《そうかい》な打球音。外野手がボールを追って走り出す。

空が赤く染まった放課後のことだった。

「いらないカカシは綻《ほころ》んだ傷口からワラが溢《あふ》れ出して、なくなってしまうの。ばらばらーって。でもそんなの嫌だな」

人差し指に巻いた傷テープをひとつぺりぺりと剥《は》がしながら、カカシは呟《つぶや》く。

その仕草《しぐさ》はいかにも物悲しくて、寂しい。

私の沈む気持ちとは裏腹に、カカシは明るい声で続けた。

「夜が寂しいのは、暗闇《くらやみ》に溶けてしまいそうになるからだね」

「私は朝になれば、少しは平気だよ」

「朝もね、寂しいよ。世界が動き出すでしょ？　カカシを置いて進んでいくの。それで慌《あわ》てて追いかけるけど、支えのないカカシは、やっぱりばらばらーって崩れちゃう」

「そっか。それは嫌だね。崩れないようがんばらないと」

「うん。だから急ぐ。みんなに合わせて急ぐよ。みんなに嫌われないように。置いてかれないように。ひとりぼっちにならないように」

「無理してない？」

「してるように見える？」

「……たまーに、辛《つら》そうに見える、かも。今とか」

私の顔を覗《のぞ》き込むカカシは、無垢《むく》な少女だった。ガラス玉のような瞳《ひとみ》は茜《あかね》色を反射させ、細くなる。

「してないよ。無理」

その笑顔を見ていると、自然とこっちの表情も柔らかくなる。

指先の傷テープを貼《は》り替えてから、彼女は空を見上げた。

「あたしは夕方が一番好き。昼と夜の間。何にも染まらない赤！　強いよね。強いのに、切ないの。結局、夜に溶けていく」

「強いから、切ないのかな」

見上げた茜空は、カカシの印象と似ている。カカシは強い子だ。それなのに切ない。理由はわからないけれど、彼女の表情はときどき人形のような、作り物に見えてしまう。本当の顔をどこかに隠して、一歩後ろから私たちを見ているような。

「知ってる？」

カカシが言った。

「嘘《うそ》もつき続ければ本当になるんだよ」

「そうなの？」

「そう。神様もＵＦＯも幽霊も、嘘が本当になったんだよー。嘘の話が、信じる人にとっては本当になるんだ」

「どっかの誰かが、作り出したものだってこと？」

「ファンタジックでしょ？」

「ファンタジックだ。『実は全部夢でした』って、そう言われてるみたい」

「でもその夢も、信じ続ければ真実になるの」

にんまりと、無垢な少女は悪戯《いたずら》っ子のように笑う。

「……カカシも何かを真実にしようと、嘘《うそ》をつき続けているの？」

「うん」

「何を？」

「秘密」

「ホントは男でした、とか？」

「ぶー。超はずれー」

大事なことは煙《けむ》に巻かれた。カカシとの会話はいつもこうだ。最初の頃は何を言っているのかチンプンカンプンだった。でも最近は、何を言いたいのかわかるような気がする。少なくとも感情はわかる。

その日、私とカカシは携帯電話の番号を交換した。

ついでにライオンとブリキにも番号を尋《たず》ねた。ライオンはすんなり教えてくれたけど、ブリキは持っていないと答えた。

「え。今どき持ってない人なんているの？　高校生の九六パーセントは持ってるらしいよ？　君、まさかの四パーセント？　なにそれ超レアじゃない？」

「黙れ。そもそも生産活動の乏しい学生風情《ふぜい》が、月額利用料の支払いを課せられる社会――」

「ブリキには、かける友達がいないのー」

カカシが栗色《くりいろ》の髪を揺らして歌い、ひらひらと踊りながら通り過ぎていく。

「トルーデーリーデーオ！」

「……」

「……ちっ」

ブリキ、反論しないんだ。

何かあの子、すごい。

× × ×

「何か、怪しいんだよね、ホント最近」

鞄《かばん》に教科書を詰めていた手をピタリと止める。見上げると、以前とまったく同じシチュエーションで小夏《こなつ》がおでこに蛍光灯の明かりを反射させていた。

「な、何が……？」

補習授業が終わり、私はいつものように屋上へ向かうつもりでいた。

小夏は私の机のすぐそばで腕を組み、威圧的な視線を降らす。

「だって彼女の祖父・富蔵《とみぞう》八十一歳、健在なんだよ。趣味の社交ダンスも週三回元気に受講中だし、想《おも》い人ヨシさんとの逢瀬《おうせ》だって好調。『当分墓に入る気はない』と笑顔を見せる素敵なおじい様だった。腑《ふ》に落ちないわ……。どうして彼が『最近死んだ』なんて言ったんだろう。

F組の三浦加奈《みうらかな》は」

「なっ、なんで小夏《こなつ》が私のおじいちゃんを知ってんのよ！　誰ですかヨシさんって！　調べたの？」

「調べたですって？　人聞きが悪い。友達になったの」

「はああ」

自然と出る大きなため息。なんという野次馬《やじうま》根性。そう言えばおじいちゃん、突然「わしは死なんからな」とか何とか言っていたような気がする。

「暇《ひま》だよねえ、小夏。ほかにやることないの？」

こそこそと付け回されないだけパパラッチよりかはましなのかな。

「ねえねえ何やってんの？　楽しいこと？　何をそんなに隠すわけ？」

「バイト。バイトしてんの。みんなには内緒だよ？　さあ！　急いでバイト行かなきゃ」

教科書を鞄《かばん》にしまい終えて、私は席を立った。

「え？　何のバイト？　やましいバイト？」

「そうそう、やましいバイト。だから詮索《せんさく》しないでね」

教室を出て駆け出した瞬間、後方に「うそっ！　エッチなバイト？」と聞こえ、急旋回して戻った。

危ない危ない。彼女曰《いわ》くの〝エッチなバイト〟に尾ビレ背ビレが付くことを考えたら、きっと私は学校にさえいられなくなる。

歩く廊下の窓から、沈みゆく夕焼けが差し込んでいた。

随分と遅くなってしまった。ただでさえ補習授業のせいでいつもより時間を取られたというのに、小夏があまりにしつこいからだ。カカシと一緒に帰るのが当たり前になっていた私は、彼女がまだ残っているか心配する。

屋上へ続く黄色い扉《とびら》を開くと、町のシルエットの上に赤みを残した群青《ぐんじょう》色が広がっていた。

カカシやライオンの姿はない。いつもの場所で、オレンジのマフラーを巻いたブリキがひとり座っているだけだ。本は閉じたまま膝《ひざ》の上に置いて、ただ、群青の空を見上げていた。辺りが暗くなってしまったので、文字はもう読めないのだろうか。

「カカシは？　帰っちゃった？」

尋《たず》ねてみる。ブリキはチラとこちらを一瞥《いちべつ》して、答えた。

「今日は火曜だ」

そっか。忘れていた。今日は火曜日だ。

私たちは毎日一緒に帰るわけではない。カカシは何も言わず早く帰ってしまうときもあった。とりわけ火曜日と金曜日は決まって早く帰る。その曜日は毎週用事があるのだと言っていた。その用事が何なのか尋ねてみても、彼女はやはり「秘密」と笑うのだった。

「急いで損しちゃった。あんたは何やってんの?」

ブリキは空を見上げたまま「別に」と答える。

日が沈んでしまえば、屋外の冷え込みは増す。冷たい風に身を縮《ちぢ》めた。

もう帰ろうと扉《とびら》のノブに手をかけ、もう一度ブリキへと視線を移す。彼は何かを待っているかのようにも見えた。ぽつんとひとりあぐらをかき、じっと空を見つめるその姿は私が今まで見てきたブリキとは少し違った。とげとげした印象はなく、まるで置いてけぼりを食らった少年のように、寂しそうに見えた。

「星でも見てるの? 意外とロマンチックなのね、君」

ブリキはこちらへ視線を落とす。

「……星? ああ」

否定しないんだ。バカにしたつもりだったんだけどな。

「……風邪《かぜ》ひいちゃうよ。早く帰んないと」

さよならの代わりに言って、扉を開ける。ギィ、と金属が軋《きし》んで響いた。

「……ソラなら」

ブリキが何かを言った。私が振り向くと、彼は再び夜空へ視線を移していた。

「ソラなら、どうしていただろうか」

「え、何?」

「だが俺に何ができる。この醜悪《しゅうあく》たる俺が、あいつに何をしてやれるというんだ」

独り言でも呟《つぶや》いているかのように、ブリキは喋《しゃべ》った。いや実際、独り言なのかな。

「あいつって？」

ノブが私の手からすり抜けて、再びギィと響いたあと、扉は静かに閉まった。

「ソラなら、どうする」

「……？」

それからブリキは黙ったままだった。意味がわからない。何も言わないなら帰ってしまいたかったけれど、彼の様子はいつにも増して変で、私はじっと言葉を待った。

「……お前は」

一言《ひとこと》呟いて、ブリキは再び間《ま》を作った。いつも淡々と自分の意見を言ってのける彼にしては珍しい。それは口を開くことを、躊躇《ためら》っているようにも見えた。

疲れたように頭をうな垂《だ》れ、ブリキは続けた。

「お前は、あいつが火曜と金曜に何をしているか知っているのか？」

「あいつって、カカシ？　知らない。何をしてるの？」

「……いつも生物室で活動している科学部の連中は週に二回、物理室へ移動する。それが火曜、水曜、金曜。水曜の放課後は職員室で週例会議が行《おこな》われる。つまり生物室を管理している教師・木枝《きえだ》が、あの教室を密室として使用できるのは火曜日と金曜日、ということだ」

　突然、全然関係のない先生の名前が出て驚いた。木枝《きえだ》、とは生物を教える若い先生だ。長身で優しく、丁寧《ていねい》な授業をするからか教師の割りに人気が高い。「かっこいいよね」とクラスの女子同士がささやき合っているのを聞いたこともあった。アメくん一筋《ひとすじ》だった私にはもちろん、興味のない話題だったけれど。

　ブリキの意味ありげな言い方に、私は眉《まゆ》を歪《ゆが》ませる。

「密室？　どういうこと？　それがカカシと関係あるわけ？」

「あいつは毎週その曜日に、生物室で補習授業を受けている。木枝と一対一で」

「え？」

　ブリキは鼻をふん、と鳴らした。

「笑わせる。なぜ一年生の生物程度で補修が必要なんだ。そもそもあいつの成績は学年トップレベルなんだ」

「……？」

「もちろん生物の勉強などしない。密室の男と女が一対一で何をしているか、お前に想像できるか？」

「ちょっと待ってよ。何それ。どういうこと……？」

　以前こいつに失礼な言い方をされたという記憶も手伝って、私はすぐに腹を立てた。足を踏み出し、ブリキに詰め寄る。

「カカシは木枝に……何か弱みでも握られてるって言いたいの？」

「面白い言い方だな」

「面白くないでしょ！」

「弱みなどない。同意の上だ」

冗談にしては酷《ひど》すぎる。そうやってカカシをバカにするのなら、ビンタのひとつでもしてやろうかと思った。でもこの人が、カカシに関してそんな冗談を言うようには見えない。そして彼の洞察力は悔《くや》しいことに、鋭い。

「それ、本当なの？」

「ああ」

それが事実なら、すごく衝撃的だ。だけど私には信じられなかった。今この瞬間、この校舎の片隅で、カカシと木枝先生が二人で会っているって？　一体なぜ？　ありえない。いても立ってもいられなくて踵《きびす》を返す私に、ブリキが言った。

「……行くなよ」

また〝お前には関係ない〟なんて言われるのかという予感がした。

「あいつは自分の意志で通ってるんだ。行ってどうする？　『不道徳だ』とでも説教するつもりか？　まったくもって迷惑でしかない」

彼の言うことは当たっている。二人の恋愛模様において、私は完全に無関係だ。

「お前にはあいつがバカに見えるか？」

「……」

「あいつは、ああ見えて驚くほど頭がいいんだ。あいつがオズの本を挿絵《さしえ》だけ眺めていると思うか？　キャラクターの表面だけをなぞって、自分たちにあだ名を付けたと思うか？　あいつは、自分のやっていることの意味も、木枝《きえだ》にとっての自分という存在も、すべて理解した上で生物室へ向かっている」

「……どうして」

「それこそ俺たちが知る由《よし》などないし、知る権利もない。俺たちは無関係だ」

ほら、やっぱり言った。関係ない。それを言われてしまうと、私は何も言えなくなってしまう。

階段を下りながら、カカシの言葉を思い出した。

〝あたしは恋なんてしない〟

〝誰も好きにならない〟

あれは嘘《うそ》だったのだろうか。本当だったのだろうか。

〝誰かを好きになるなんてそれは苦しくて、辛《つら》くて。とてもとても、悲しいことだよ〟

ならばカカシの復讐《ふくしゅう》する相手とは、木枝先生なのだろうか。その復讐の果てに、自殺しようとしているのだろうか。

カカシの印象が変わっていく。本当のカカシが、わからなくなる。

本来なら誰もいないはずの生物室の前を通った。電灯の落ちた教室。

曇《くも》りガラス越しに、人影が揺れたような気がした。

×　×　×

次の日も、またその次の日も、カカシはいつもと同じ笑顔で屋上を走り回っていた。私の知っているカカシは幼くて無邪気で、読めなくて危ない。

オズに登場するカカシには知恵が無かった。だから頭がよくなりたくて、ドロシーたちと旅をするのだ。カカシはどうして自分を〝カカシ〟だと言うのだろう。自分をバカだと、そう決めつけているのだろうか。

カカシのいないときを見計らい、ライオンの隣に座った。彼にならって背をもたれると、カシャンと金網が鳴る。

「カカシのこと、知ってるの？」

ライオンは小首をかしげたけれど、私がブリキに聞いた話を臭《にお》わせると「知ってるよ」と呟《つぶや》いて、続けた。

「そっか、だからドロシー最近元気なかったんですね」

「どうして黙っていられるの?」

「どうして?　どうしてかな。オレにはカカシの気持ち、わかんないから。カカシは困っているのかな」

頭上に広がる青空を見上げながら、ライオンはもっともなことを言う。私にだってわからない。彼女は、困っているのだろうか。悩んでいるのだろうか。

「カカシがオレたちを頼るなら、そりゃあできることなら何でもしてあげたいと思うけど。でもカカシも、もしかしてそっとしておいてほしいんじゃない……?」

校内は授業中だった。運動場から、ピ、と笛の音が鳴って、走り出す足音が聞こえる。平和な日常。不安なんてどこにもない。それはわかっているのだけれど。

私は恐る恐る言った。的外れなことかもしれない。なんてお節介なんだと、呆《あき》れられてしまうかもしれない。でも。

「でもカカシは、ときどき、無理しているように見えるよ……」

「ドロシーは、カカシにどうあってほしいの?」

「……わかんない」

沈黙が流れる。きっとライオンも何と言っていいのかわからないのだろう。でも気まずい沈黙ではなかった。ライオンはのんびり、私の言葉を待っていてくれた。

「……カカシのね。印象が変わっていくの。だから『一体どういう子なんだろう』って私があの子を知ろうと近づくと、煙《けむ》に巻かれて逃げられてしまう感じ」

彼女の表情を思い浮かべていた。それはまるで作り物のように、いつだって同じ笑顔だ。

私はやっぱり、何も知らない。

「でも嫌われてるって感じじゃなくて、私との関係に一線を引いて、私がその線に近づいたら逃げてっちゃう感じ。私はただカカシと仲良くなりたいだけなのかも。ごめんね、わかりにくくて……」

「わかるよ」と、ライオンはそう言って微笑《ほほえ》んでくれた。

「カカシがね、そういう子だったら、それでもいいの。でもきっといろいろ隠してるでしょ？もちろん誰にだって隠しごとはあるだろうけど、カカシの場合、それがとても無理しているように見えてしまうんだ」

私の勘違いかもしれない。だとしたら、なんてバカな妄想《もうそう》だろう。確信の持てない自分の気持ちを誰かに話すのは勇気がいる。きっと相手がライオンだから話せるんだ。

「今日は金曜日だね」

ライオンは言った。

「オレたち三人はお互いに干渉し合ったりはしない、そういうスタンスでやってきました。屋上を下りてしまえば他人。挨拶《あいさつ》だって交わさない。だから驚いたんだよ。あのとき、ブリキやカカシが応援してくれたこと」

あのとき、とはライオンが赤ザルと向かい合った決闘を言っているのだろう。ブリキやカカシも見ていた、あの決闘。

「オレたちを動かしたのは、ドロシーだと思うんです。その、オレが苦しんでたとき。あのときは苦しいってのが日常的でさ、当たり前になってました。ドロシーがお節介を焼いて、オレは放っといてほしいと思っていたんです。オレの気持ちは誰にもわからないし、わかってほしいとも思ってなかった」

こちらを向いて、ライオンは八重歯《やえ》を覗《のぞ》かせた。

「でも今は、ドロシーに会えてよかったと思っているよ」

ライオンの言葉はとても優しかった。あまりにも優しすぎて、また泣きそうになった。

「オレはライオンだよ。今度はオレが、ドロシーを護《まも》ってあげるよ。だからドロシーは何も気にしないで、お節介を焼けばいい」

「……バカ。惚《ほ》れちゃうでしょうがよう」

ライオンのクサさに、私は声を出して笑った。

× × ×

「先生」

私の呼び止める声に、木枝《きえだ》は生物室のドアに掛けた手を止めた。

そもそも木枝はカカシのことをどう思っているのか。それを知りたかった。彼はカカシを愛しているのか。もしそうであるなら、私たちは本当に邪魔者だ。そうであるなら、カカシの気持ちをちゃんと考えてあげてほしいと願った。

ライオンに教えてもらった、カカシの苗字《みようじ》を口にする。

「先生。鈴原《すずはら》さんのこと、好きですか？」

回りくどいのは嫌だ。直球で質問をぶつけてみる。木枝は一瞬、目を丸くして止まったが、すぐに状況を察した様子で、さり気なく辺りを気にする素振《そぶ》りを見せた。

生物室は学校の一番奥の校舎、一階突き当たりに位置している。人はほとんど通らない。外周をランニングする運動部の学生が、ときどき窓の外を横切るくらいだ。静寂《せいじやく》に包まれた生物室の廊下で、私と木枝は向かい合っていた。

気まずい沈黙が流れる。

「どうした三浦《みうら》。まあ、立ち話もなんだ。入るか？」

教室のドアを開けて、木枝はにこりと微笑《ほほえ》んだ。その笑顔を見て、「ああやばい、この人は大人だ」と感じた。

木枝は私を先に生物室へと促《うなが》した。

誰もいない生物室は陰湿だった。授業で訪れるときには感じない薬品の臭《にお》いが鼻をつく。

「コーヒーでも飲むか？　みんなには内緒だぞ」

後方でガチャ、と鍵《かぎ》の閉まる音がした。

彼は黒板の前を横切り、奥の準備室へと入っていく。

重くて黒い遮光《しゃこう》カーテンによって、外光を完全にシャットアウトされた室内は暗かった。けれどまるでそれが当たり前であるかのように、木枝《きえだ》は電気をつけようとはしなかった。

生物室にひとり残された私は、ただ立ち尽くした。緊張で手のひらに汗が滲《にじ》む。

ひとりぼっちの教室はやけに広く感じる。後ろの棚に並べられたホルマリン漬《づ》けの標本は暗くてよく見えなかったけれど、それが余計に想像を掻《か》き立て薄気味悪く感じられた。

ただ一点を見つめて立ち尽くす人体模型も、直視したくない雰囲気をこれでもかと、かもし出している。この模型は毎週、火曜と金曜の放課後に何を見ているのだろう。

私は休み時間の間に、小夏《こなつ》から木枝先生の情報を聞き出していた。

木枝一馬《かずま》二十九歳。彼には奥さんがいて、二人の間には小さなお子さんだっているはずだ。

そんな人がどうして、生徒であるカカシを愛するのか。

準備室にいる木枝に気づかれないよう、息を殺して生物室入り口の鍵を外した。

「ごめんなあ、こんなコップしかなくて。でも大丈夫だぞ、ちゃんと洗ってあるから」

木枝がマグカップを二つ両手に持ってやってくる。ワイシャツを腕まくりした彼の姿に、いつもの白衣姿とは違う新鮮な印象を受けた。すらっとした細身の体型に高い身長。年も若い彼が〝イケメン木枝〟と女子の間で人気を博し、〝リア充《じゅう》木枝〟と男子の間で反感を買っているのも頷《うなず》ける。

「どうした三浦《みうら》？　好きなとこに座るといい」

彼は生物室独特の細長い教卓の上にマグカップを置き、そのそばに、胸ポケットから取り出したシュガースティックやらミルクやらを無造作に転がした。

私は座るつもりはなかったし、コーヒーだって飲むつもりもなかった。

「いや、驚いたなあ。三浦は鈴原《すずはら》と友達だったのか。ん？　でも確か学年は違うだろう」

木枝は私に質問をさせる暇さえ与えず、ひとりで勝手に喋《しゃべ》り続ける。

「二人とも部活はしてなかったよな？　まさかバイト仲間なんて言うんじゃないだろうな」

教卓に腰を半分だけ乗せて座る木枝は、いつもの柔らかいトーンで言った。この学校は基本的に生徒のバイトを禁止している。教師である自分を前にして「バイトで知り合った」なんて明かすなと言いたいのだろうか。彼にそんなこと、言える資格はあるのだろうか。

ひと口啜《すす》ったマグカップをゆっくりと教卓へ戻し、木枝は私を見据《みす》えた。

「……で、何だ。相談でもされたか」

声のトーンが変わって初めて、目の前の教師に恐怖を感じた。その言葉が、とても淡白で冷え切っていたから。「演技は終わりだ」と、そう言われた気がした。

「す……鈴原さんと、ここで何をしているんですか」

「……」

一呼吸おいて、木枝《きえだ》は口を開く。

「どうした？　何か勘違いしているみたいだなあ三浦《みうら》。鈴原《すずはら》は出席日数が足りなくてな、それを埋めるために課題を――」

「私知ってます」

これは賭《かけ》だ。私は直接カカシと話したわけではないので、彼女がこの教室へ通う理由を知らない。ブリキは嘘《うそ》を言っているのかもしれないし、本当に補習授業を受けているのかもしれない。もしくは本当に好き同士なのかも。

けれど木枝の表情は、そんな甘い考えを否定した。彼の見せた表情は、それはなんというか、言うことを聞かない子供に無言の威圧感を与える大人のような、そんな表情だった。

「……女子、高生という生き物を、ご存じ、ですか」

声が震える。私は努めて明るい笑顔を作った。

「ど、同年代の……男子なんて、子供じみててかっこ悪い。大人の男性に憧《あこが》れるものなの。例えば……せ、先生とか。しかも私はわがままだから、友達の恋人なんて、より、魅力的」

「つまり？」

「つ、つまり……」

気を張り続けていないと、今にも足の力が抜けそうになる。やはり無理はするものじゃない。

「つまり、その……」

無意識のうちに私は、自分のスカートの裾《すそ》を強く握っていた。

何だ、これは。イメージと違う。想像以上に怖い。怖い怖い怖い。

「……その、すっ、すす好きです」

「誰を」

「え。あの……先生、を」

「三浦」

教卓から下り、木枝はゆっくりと近づいてきた。自然と後退《あとずさ》りをしてしまう。あごを摑《つか》まれ、無理やりに視線を合わされる。その目は、すごくすごく冷たくて——。

「お前、何がしたいんだ」

鳥肌が立った。殺される、とすら思った。

「やっ……」

木枝の腕を払いのけ、ドアへと走った。けれどすぐに襟首《えりくび》を摑まれて、そのまま後ろに引っぱり倒され、尻餅《しりもち》をついた。

ガチャ、と生物室入り口に再び鍵《かぎ》がかけられる。

驚いて見上げた木枝の顔は、私の知っている木枝先生ではなかった。その凶暴性に驚かされる。氷雨《ひさめ》のような冷たい視線が、容赦《ようしゃ》なく私に降り注がれていた。

「何を企《たくら》んでいる。三浦《みうら》」

「私はっ……」

涙が込み上げて視界がぼやけた。本当、何をしているんだと思う、でもこれだけは訊《き》きたかった。訊かなくてはいけなかった。

「先生は、すっ、鈴原《すずはら》さんのことを、どう思っているんですか。ちゃんと、好きなんですか。ちゃんと、見てあげてるんですか」

「鈴原に何か言われたのか」

「違う。私が勝手に……。私は。私は……」

怖い。圧倒的な威圧感はあの赤ザルの比《ひ》ではない。人に対してこんなに恐怖を感じたのは生まれて初めてかもしれない。言葉が出ない。息ができない。

木枝《きえだ》が、歩みよってくる。

「何を言われたんだ、三浦」

「違う。鈴原さん、は、関係なくてっ……」

その大きな手のひらが私を捉《とら》える。木枝の指が私の頰《ほお》に触れる。

気持ち悪い。

視界が、歪《ゆが》んだ。

瞬間、けたたましい音を立て、窓ガラスが割れた。

廊下側の窓から顔を覗《のぞ》かせた彼は金髪のたてがみ。ボリボリと頭を掻《か》く。

「あ。すいません。忘れ物を取りに来たんですけど、鍵《かぎ》開いてなくて」

場違いなのんびりとした口調に、空気が固まる。悠々《ゆうゆう》と窓を飛び越えて教室に入って来るライオン。「あったあった」と呟《つぶや》きながら私の腕を掴《つか》み、引っぱり起こされる。

「じゃあ先生、失礼しましたあ」

私の手首を引っぱったまま木枝の前を通り過ぎ、ドアの方へ向かう。そのライオンの肩を、木枝は摑んだ。

「待て。これはどういうことだ。説明しなさい」

「これ？　ええと。これは地毛です」

振り返ったライオンは、木枝の正面に立ち塞《ふさ》がった。木枝の背は高かったが、ライオンだって同じくらい大きい。

見上げたライオンの表情は相も変わらず柔らかだったが、私にはわかった。彼は静かに怒っていた。私を見下ろし、小さく「行って」と呟く。

「……でも」

「早く」

私はライオンの制服の袖《そで》を摘《つま》んだまま、生物室のドアを開けた。そのままライオンを教室の外まで引っぱって行くつもりだった。逃げるなら一緒に。

ドアを開ける。

その正面に、驚いた表情のカカシが立っていた。くの字に曲げた人差し指を唇《くちびる》に当て、怯《おび》えるように私を見上げる。

「カ……カシ」

ふいに彼女はそっぽを向き、廊下を早歩きで進み行く。ペタペタと、静寂《せいじゃく》を破って足音は鳴った。

「待って！」

「ドロシー、行って。早く」

ライオンが首だけをこちらに振り向く。

「三浦《みうら》。これはどういう――」

木枝《きえだ》の前に、ライオンは立ちはだかる。私は頷《うなず》き、カカシを追った。

「カカシ！　待って」

ひと気のない廊下を中庭に抜けて、カカシは早歩きで進んで行った。

やっと追いつき、傷だらけの指を握る。

「待ってっ」

「放して」

「ちょっと待ってよ！」

「痛い！」

はっと咄嗟《とっさ》に手を放し、そうしてやっとカカシは立ち止まった。

気がつけば、ライオンが以前決闘をした焼却炉《しょうきゃくろ》の前に来ていた。夕空に向かって真っ直《まっす》ぐ伸びた黒い煙突から、濛々《もうもう》と煙が吐き出されている。

私とカカシは向かい合った。カカシは私を睨《にら》みつける。仕方のないことだ。それだけのことをしたのだから。

「ごめん」

何を言えばいいのかわからなかった。カカシの私を責める視線に耐えられず、下を向いてしまった。夕焼け色に染まった赤土を、自分の影が塗り潰《つぶ》している。

「……どうしたら、許してくれる？」

「……」

目を伏せてしまった私に、彼女が今どんな表情をしているのかなんてわからない。泣いているのか、怒っているのか、結局私には何もわからない。

しばらく沈黙が続いて、カカシは口を開く。

「どうしてあんなことをしたの？」

「私は……カカシを助けたかった」

「助けてなんて、頼んでない」

「……うん。ごめん」

自分の情けなさに涙が溢《あふ》れてくる。下唇《くちびる》を噛《か》んで堪《こら》えた。

「……カカシは、木枝《きえだ》先生のこと、好きなの？」

「……」

カカシの気持ちを教えてほしい。嘘《うそ》ではない、本当の言葉を。

「カカシ……？」

「……人間はね、簡単なものじゃないんだよ」

「……？」

「先生は言ってた。見栄、格好、体裁、大人になればなるほど、ね、嘘を重ねて、窮屈《きゅうくつ》になっていく。本当の自分を見せるのが、恥ずかしくなっていくんだって。でもね」

〝カカシの、前ではね〟

その言葉が跳《は》ねる。自分自身に言い聞かせるように。大きくなる。

「カカシの前では、その嘘を、剝《は》がすことができるんだって。格好悪い自分をさ、見せることができるんだって。お前は賢いから、それがわかるだろうって、言うんだ」

「でも……そんなの……」

く声を張る。

「わかってる。その言葉自体が嘘《うそ》なのかも」

カカシの言葉は徐々に小さくなり、最後は消えてしまいそうだった。カカシは懸命に、明るく声を張る。

「でもそんなこと、さして気にすることでもない」

「そんなことだなんて！」

勇気を出して顔を上げた。

カカシは笑ってなんかいなかった。人差し指を胸の前に握るその表情は、泣いているわけでも、怒っているわけでもなかった。無表情だ。これが、仮面をすべて外した彼女の顔なんだ。

「……カカシの傷に気づいてくれたのは先生だけだった。『どうしたんだ』って、テープを巻いてくれた。なかなか治らないねって、会うたびに巻いてくれるの」

落とした視線の先、愛《いと》しげに指で指をなぞり傷テープを剝《は》がす。その仕草《しぐさ》は妖艶《ようえん》で、私の知るカカシとはかけ離れている。

彼女は誰？　思わずそう、自問してしまうほどに。

「……先生はあたしを必要と言った。それは、嘘？」

それから視線を流し、私を見る。その瞳《ひとみ》に光は無い。それはただ人形のように、無感情に私を見つめ、言葉を紡《つむ》ぐ。

「わからない。あたしはカカシ。賢くはないんだ。嘘か本当かなんて知る必要がない。知って悲しむくらいなら、ひとりぼっちになるくらいなら、今のままでいい」

なんて酷《ひど》い恋をしてる。刹那《せつな》の温かさに感覚を麻痺《まひ》させて。苦しみはすべて感じないようにしている。傷つくのを恐れて、踏み込めずにいる。

かぷ、とカカシは剝《む》き出しの傷口を悪戯《いたずら》に嚙《か》んだ。精神がぶれるたびに痛みを求めるその癖は、ばらばらにならないようがんばってる証拠だ。

今ならわかる。彼女、苦しんでる。

「……君は、自分を人形だなんて言いながら、そうやって痛みを探してる」

見てられない。私はカカシに、無理をしてほしくない。

「君、本当はバカなんかじゃない！　バカな振りをしているだけ。嘘と本当の間で、わからなくなって、考えることを止《や》めてしまっただけだ。裏切られても、嫌われても、傷つかないように、頭カラッポな案山子《かかし》になりたかった。それが、君が真実にしようとしていた嘘だ」

カカシの跳《は》ねた長い髪が風に揺れる。風は、煙突から噴《ふ》き出る黒煙をも揺らした。

「……あなたはすごいね。すごいお人好《よ》し」

カカシは初めて、私を〝ドロシー〟以外の言葉で呼んだ。

「怖くないの？　嫌われるのが。ひとりになるのが」

「怖いよ。でも、そんなこと恐れていたら、何もできない」

「そうだよ。恐れてるから何もできないんだよ。あたしは怖いよ。みんな好きなの。ドロシーもライオンもブリキも先生も。だから怖いの」

大好きな人に裏切られるのは怖いでしょう？　糸の外れたマリオネットのように、支えを失《な》くした案山子《かかし》のように、彼女は首を傾ける。

「カカシ……？」

「あなたにはわかるはずだよ。人は人に依存してしまうの。人はひとりでは生きていけないの。あたしに知恵があったなら、姑息《こそく》に泣いて先生の同情を引くことができたかもしれない。あたしが本当に賢ければ、大好きなみんなを利用して、ひとりぼっちじゃない自分を演じることができたかもしれない。でも、ドロシー！　あなたにはわかるはずだよ！」

真《ま》っ直《す》ぐに私を見つめて、カカシは言う。その表情は悲痛に歪《ゆが》んでいて、なのに涙は流れていなかった。その瞳《ひとみ》は、潤《うる》んでさえいなかった。

「結局、人はひとりだよ。最後にはひとりぼっちになるんだよ。どんなにこっちが想《おも》っていたって、絶対に終わりは来るんだよ！」

瞬間的に、アメくんの笑顔が頭に浮かぶ。それから最後に私を見た、彼の冷たい目も。

「みんなあたしを置いていくの。あたしは泣きたくない。もう二度と泣きたくないんだよ。だから強くならなきゃ。強く、強く。知恵なんかいらない。何も考えたくなんかない。あたしはカカシ。人形になりたいの」

くの字に曲げた指先を、カカシは噛《か》んだ。すでに傷だらけの指に血が滲《にじ》む。

痛みを感じたくないと叫ぶくせに、自分の指に歯を立てる。表情は泣いているのに涙は流さないし、私たちを好きだと言うのに、こうして睨《にら》みつける。

数々の矛盾《むじゅん》が歪《いびつ》さを際立たせて、私は怖くなった。

想像以上だ。この子、想像以上に自分を傷つけている。

「やめなよっ！」

彼女の手首を摑《つか》んで止める。けれどすぐに振り払われた。

「みんな大好きだよ。だから知りたくなるの。けどわかるでしょう？　いつか終わりは来るんだよ？　知ってしまえば離れられなくなる。嫌われてしまえば生きていけなくなるの。大好きだから、嫌いになってあげる。だからこれで、いいんだよ」

嫌われるのが怖いから、始めから好きにならなければいい。誰とも関わらなければいい。確かにそれは理には適《かな》っているのかもしれない。

「でも……」

でも、それはとても寂しいことだよ。

「……カカシはもう、先生を好きになっているんでしょう？　なのにその気持ちを誤魔化《ごまか》して、中途半端に関係を続けて、だから始めることも終わらせることもできなくて。カカシの好きって気持ちがどこにも行けなくて、それが辛《つら》くて苦しいんでしょう？」

胸が痛い。カカシだってこの痛みは感じているはずだ。

「辛《つら》くなったら泣けばいいよ。たくさん泣いて、弱いトコも隠さず見せてさ。みっともなく一晩中泣いたっていいと思う。そんなカカシを、私は絶対嫌いになったりしないから。絶対に、置いてなんか行かないから」

「……泣いたら崩れてしまうよ。あたしは、崩れてなくなってしまうよ」

「そしたら、私がちゃんと集めてあげるから。私だけじゃない、ライオンやブリキもみんなで集めて、そして……再生させる」

「……変なの」

そう言って笑うカカシは、やっぱり苦しそうに見えた。

「でもダメなんだ、あたしは。ごめんね」

私は大好きだったアメくんに別れを告げられ、毎日が死ぬほど苦しかった。その想《おも》いは、今だってときどき湧《わ》き出ては私の胸を締めつける。でも屋上でみんなと出会って、一緒に過ごして、みんなを好きになって。痛みは少しずつ、本当に少しずつだけど和《やわ》らいでいっているような気がするんだ。

やっぱり、人を好きになるって素敵なことだよ、カカシ。

×　×　×

カカシは屋上へ来なくなった。あんなことがあったのだから、顔を合わせづらいのだろう。無理もない。何度かライオンと彼女の教室へ足を運んだけれど、出席率も減って、最近は授業に顔を出すのも少なくなっているらしい。

ライオンは器物破損の罪に問われるでもなく、次の日には何食わぬ顔をして屋上で寝ていた。聞けばあのあとすぐに解放されたのだという。木枝《きえだ》は騒ぎを起こしたくないのだ。あの日の出来事の事情を問われれば、やはり一番困るのは彼に違いないのだから。

ライオンは窓ガラスの件を有耶無耶《うやむや》にしてもらう代わりに、毎日授業に出席することを約束させられていた。ギリギリのところで教師であろうとする木枝に腹が立った。秘密がばれ、心《しん》中《ちゅう》穏やかではない彼にしてみれば、一段上から私たちの行動を監視していないと落ち着かないのかもしれない。

そんな木枝の授業も、私は以前と変わらない調子で受けた。教師と生徒として、ときどき視線がぶつかることもあるけれど、木枝は先生としての枠を超えてこちらに接触してくることはなかった。堂々としている。イラつくほどに。

カカシには両親がいない。それはライオンと共にカカシの教室へ行ったとき、クラスの女の子から教えてもらった情報だ。両親とは別のところで暮らしているらしい。でも詳しくは教えてもらえなかった。クラスメイトの女の子は、「あの子、あんま喋《しゃべ》らないから……」と困惑した表情を見せた。

無口で大人しく、いつも難しい本を読んでいる浮き世離れした存在。それが教室でのカカシの姿だった。

私は待った。ケータイを握りしめて、屋上で待ち続けた。何度も自分から電話してみようと考えたけれど、我慢した。今、彼女と話せば無意識のうちにまた責めてしまうかもしれない。信じて待つ、それをカカシも望んでいるような気がした。

カカシのいない屋上は静かで、退屈だった。

心配事を抱えてただひたすら待っているだけというのは、いろいろなことを考え弱気になってしまう。カカシが今、何をしているのか不安だった。平和な日常に忘れてしまいがちだけど、ここに集まった三人は、復讐《ふくしゅう》を遂げて死んでしまおうとしている人たちなんだ。

カカシが、彼女がこの居場所を失ってしまったならどうなってしまうんだろう。彼女は強いから大丈夫？　少なくとも私なら辛《つら》い。私がこの居場所を失ったなら。

「復讐って、ここでするの？」

ブリキが顔を上げる。言わなくてもわかってる。その表情の意味する言葉は、「またか。お前には関係ない」だ。

「つまりここは復讐のための基地ってわけなんだよね。私たちだけの、秘密の場所。誰にもバレてはいけない場所。もしバレたら、やっぱ怒る？」

「お前。まさかこの場所誰かに気づかれたんじゃないだろうな」

「……」

「……おい」

「気、づ……かれるわけないじゃない」

「お前は何だ。そこまで隠しごとのできない人間も珍しいな。どうやって生きてきたんだ今まで。嘘《うそ》をつくときはもっと自然な笑顔を作れ」

「失礼ね。嘘じゃないわ」

「それも嘘」

ぬう。どうしてばれてしまう。にっこりと口の端を吊《つ》り上げ、首を傾けた。

「嘘じゃありませんわ」

するとブリキの顔が、綻《ほころ》ぶ。

「やればできるじゃないか」

その自然な爽《さわ》やかアルカイックスマイルに鳥肌が立った。こいつの笑顔なんて初めて見た。

「嘘だ、バカ」

と、その表情はすぐに能面へと変わる。

「つけない嘘なら始めからつかないことだ」

「し、失礼ね、嘘《うそ》じゃないわよ。ただ、クラス一の情報通に目をつけられているってだけで……広報部なんだよね、彼女」

ブリキの眉《まゆ》が不機嫌そうに歪《ゆが》んでいた。慌《あわ》てて弁明のために手を振る。

「でもバレてるってわけじゃないからね？　私だって気をつけてるんだから。……だってここは、カカシにとってても大切な場所でしょ？」

「ふん」

ブリキは本に視線を落とした。話は終わりだと、そういう意図が含まれた行動。でも私は終わらせたくなかった。ひとりで悶々《もんもん》と考えるのは苦手だ。話がしたい。その相手が冷たいブリキだとしても。

「ねえ……あんたどうして、私にカカシのこと教えたの？」

「どうして？　意味はない」

本から視線を外すことなく、ブリキは答える。私はそんな彼を見下ろしたまま、続けた。

「意味はあるでしょ。あのとき君、様子変だった。気にかけてたの？　カカシのことは『関係ない』じゃないの？」

「……あいつは。そうだな。無関係とは言えない」

おや、冷たいブリキの意外な一面。

「カカシだけには優しいんだね」

「優しい？　違うな」

ブリキの纏《まと》う空気が、再び冷えてゆく。自分から壁を作っている。この人は、いつもそうやって自分の殻《から》に閉じこもってしまう。

「俺はあいつと、どう接すればいいのかわからないだけだ」

「どう……接すれば……？」

「あいつが俺をどう思っているのかは知らんがな。俺たちが仲良しこよしに見えるのか？　ならお前の目は節穴《ふしあな》だ」

彼らの間には、私の知らない何かがあるのだろうか。それを尋《たず》ねていいものか迷った。

空には茜雲《あかね》が泳いでいた。カカシの好きな夕焼け。強い赤。でも彼女は、その赤がすぐに溶けてしまうものだと言った。すぐに夜に溶けてしまう。〝でもそんなの嫌だな〟と、そう言ったんだ。

「君は、カカシのことよく知ってるんでしょ？」

「さあな」

「ねえ……あの子、自殺しようなんて考えてたりしないよね」

呟《つぶや》いた言葉に、パタン、とブリキが本を閉じた。珍しいモーションに、一瞬たじろぐ。

「あいつが復讐《ふくしゅう》という名目で誰を殺そうとしているか、知ってるか」

「……誰？　木枝《きえだ》じゃないの？」

「あいつは人と距離を置いているんだ。木枝《きえだ》など、憎める存在ですらない」

「じゃあ、誰?」

「あいつが初めてここへ来たのは自分を戒《いまし》めるためだった。誰かに頼らないと生きていけない自分が嫌いで、なのに寂しいと泣いてしまう自分が嫌いで、そんな弱い自分が憎くて、苦しいんだと」

私はさり気なくブリキの横に座って、彼の話を聞いた。

夕日が沈みかかっていた。もうすぐ夜が訪れる。

「あいつは……あの年の割りには辛《つら》い境遇にあるんだ。当たり前に存在していた人間が全部、いなくなってしまったことがあった」

「事故にでも、あったの……?」

「そんなとこだ。幸せになることに怯《おび》えている。その幸せがいつか消えてしまうことを知っているから、その〝幸せ〟自体を恐れている」

何だか笑ってしまう。不器用にも程《ほど》があるよ。

「あいつは、昔は誰かれ構わず甘えてしまうような、弱い奴《やつ》だったらしい。あの容姿だからな、さぞ甘やかされて育ったんだろう。だがさっき言ったように事故で……あいつはひとりで生きていかなくちゃならなくなった。だから誰にも頼らない、強い自分になろうと決意した」

カカシを想《おも》って胸が痛んだ。彼女はまだ十六歳なのに。

「誰にも頼らないで生きていくなんて、無理だよ……」

「だから、決意したはずなのに、木枝なんかに甘えてしまうんだ。自分を戒めながらも、支えがないと崩れてしまう。『あたしはカカシだなあ』とあいつは泣いた。『もうどうしようもない』。そう言ってあいつは泣きじゃくった」

「あのカカシが、泣いたの……？」

「ああ。俺が見た、あいつの最後の泣き顔だ。許せないんだと。決意した自分を裏切って、木枝に甘えてしまう自分が」

「じゃあ、カカシが復讐《ふくしゅう》しようとしている相手って……」

「自分自身だ」

あらためて思う。変な子。すごく自傷《じしょう》的だ。素直に木枝を憎めばいいのに。そこまで考えて、私はアメくんの顔を思い浮かべた。そうか。好きになってしまった人って、なかなか憎めないもんだ。

「待ってよ。私のせいで、カカシは木枝を失ったかもしれない。支えを失ったら、カカシはどうなるの？　ばらばらになっちゃう？　カカシはいつ自殺するつもりだったの？　もしかして今にも、自分を傷つけてしまうんじゃ……」

「そうだな」

「そうだなってあんた——！」

「それを止めるために、お前は生物室に向かったんだろう?」

ブリキの視線がこちらへ振られる。彼が人の目を見て話すなんて珍しい。

「あいつの支えは、もうある。それがお前なんだろう?」

はっとした。私は生物室に向かった自分の行動を「本当にあれでよかったのか」と悩んでいた。カカシを余計苦しませてしまったのではないかと。私は彼女を追い込んでしまったのではないかと。

私がカカシにとっての支えとなれるなら、やっぱりあれでよかったんだと思える。それをこの男に気づかされたというのは不本意ではあるけれど。

「何だ、また泣いているのか。お前は本当によく泣くな。あいつを見習え」

「はあ?　泣いていないでしょうがよ!　バカじゃないの」

言い返してはみるものの、ブリキはもう本に視線を落とし、私の回答を無視した。そうしてくれるのが今の私にはありがたくて、こっそりと顔を拭《ぬぐ》う。

カカシからの着信があったのは、それからしばらく経《た》った昼休みのことだった。

×　×　×

私はいつものように屋上のコンクリートに敷物を広げ、オムライス弁当を食べていた。

ブリキはいつもの場所で裁縫《さいほう》を、早々に弁当をお腹《なか》にかき込んだライオンはごろりと横になり、あくびをしていた。

その光景は静かで、物足りない。カカシのいない屋上なんて、オズの国とは呼べない。

私は心配で心配でたまらなかった。

携帯電話はいつも隣に置いておいた。四六時中《しろくじちゅう》離さない。私は一日中、カカシを待っていた。

電話が振動したのは、半分残したオムライスへプラスチックのフタをしたときだった。

慌《あわ》てて液晶画面を確認し、通話ボタンを押す。

「……もしもし？　カカシ？」

カカシは何も言わなかった。

私は努めて明るく話しかけた。

「久しぶり。どうしたの？　最近学校にもあんまり来てないみたいじゃない」

ライオンが上半身を起こし、固唾《かたず》を呑《の》んでこちらを見ている。ブリキも裁縫に勤《いそ》しむその手を止め、顔を上げていた。

『……ごめん』

微《かす》かに聞こえた、カカシの声。

何を謝っているのだろう。電話したこと？　姿を消したこと？

「元気そうでよかったよ」

言葉に詰まった私は、カカシが電話してくれたことに感謝してそう言った。

『……元気なんかじゃないよ』

うん。そう思う。

「何かあった?」

『……』

カカシの口は重い。私は気長に彼女の言葉を待った。いつかライオンがそうしてくれたように。

『……ドロシー。あたし、ばらばらになってしまうよ』

その告白に息を呑《の》む。

カカシが木枝《きえだ》先生の子供を誘拐《ゆうかい》した。

ひとりぼっちに怯《おび》える彼女に、私たちは何をしてやれるだろう。


彼女からの着信のあとすぐ、私は教室で小夏《こなつ》に頭を下げていた。

「お願いっ、小夏!　木枝先生の住所教えて」

両手を合わせると、小夏はワザとらしくのんびりと足を組み替え、ニヤリと笑う。

「加奈《かな》が私を頼るなんて珍しいじゃない。何?　何か楽しいことでもあった?」

「説明してる暇《ひま》ないのっ。知ってるんでしょ？　住所」

「まーあ、知らないってわけじゃないよねえ。だいたいの位置なら知ってるけど、詳しい場所までは……」

「小夏？　情けないわっ小夏。だいたいの位置だけじゃダメ」

「……詳しい場所が載《の》ってる住所録は部室にあんの」

「でかした。取ってきてっ！」

「ええー。だって加奈、最近冷たいのにー？」

私が焦りを見せれば見せるほど、小夏の挙動は鈍《にぶ》くなった。ああ、この人、私に仕返ししているんだ。今こそ笑顔を貼《は》りつける。

「冷たくないよー。えへへー」

「じゃ教えて？　なんで知りたいの？　加奈が秘密にしてるものと関係あんの？」

「教えない」

「酷《ひど》いっ！　利用するだけ利用して、あとは捨てる気なんだねっ。加奈にとってうちは都合のいい女でしかないんだ。この……ケダモノっ」

机に突っ伏して声を上げる小夏を揺すり、私は彼女の肩に額《ひたい》を擦《こす》りつける。

「お願いお願いお願い。何か奢《おご》ってあげるから。アイスクリーム二段重ねだっていいよ？　ね？　そのとき話すから」

小夏《こなつ》のウソクサイすすり泣きがピタリと止まる。

「……本当に、話してくれる？」

「ホントだよー」

「たい焼きでもいい？」

「は？　たい焼き？　別に何でもいいけど」

むくりと起き上がる小夏に、もう一度手を合わせた。

「お願い、小夏」

「……じゃ教える」

「ありがとう！」

持つべき者は情報通だ。

「メールで送って？　すぐに」

廊下へ駆け出す私は背に、小夏の声を聞いた。

「たい焼きって！　何色？」

「えっと、白……？」

「おっけー」

親指を立てる彼女の満面の笑みを見ると、騙《だま》しているようで少しだけ胸が痛んだ。でも今は小さな嘘《うそ》に心痛めている場合ではない。なんとしてでも木枝《きえだ》の住所を知らなければならない。

カカシの元へ、行かなくてはならない。

急いで校舎の階段を駆けていると、同じく急ぎ足で廊下を行く木枝を見かけた。奥さんから連絡が入ったんだ、と直感する。私たちも急がなければ。カカシを犯罪者にはしたくない。

校門前でライオンがママチャリに跨《またが》って待っていてくれた。後ろの荷台には、なぜか横乗りのブリキの姿。

「……あんたも行くの？」

「暇《ひま》だからな」

「何だ。やっぱりカカシに関しては優しいんじゃない」

無表情のまま、彼は持っていた本に視線を落とした。読む気か。自転車の荷台で。

自転車はお昼どきの閑静な住宅街を駅に向かって疾駆《しっく》した。彼らの後ろを走っていると、理《り》不尽《ふじん》な怒りがふつふつと湧《わ》き出てくる。

「いやいやいやいやおかしいでしょ！　なんで女の子の私が超走ってんの？　ブリキあんた降りなさいよ。走りながら読みなさい！」

「そうか。ならどうか油を注《さ》してくれ。そうすれば走れるんだが」

「持ってるわけないでしょうが。どこの女子高生が油なんて携帯してんのさ！　てか二人乗り禁止！　二万円以下の罰金《ばっきん》ー！」

「聞いてくれ人間。〝心〟の無い俺は物と同じなんだ……」

「都合の悪いときだけオズ設定持ってくんなあ！」

悲しそうにうつむくブリキに追いつき、その肩に連続パンチを食らわす。自転車と並走できてる私の脚力どうよ。

「仕方がない。俺も鬼じゃないさ。『ぎゃふん』と言ったら交代してやろう」

「はっ。バカにしないでくれる？　なんで私がそんなこと言わ——ぎゃふん！」

足がもつれて地面に顔面を強打してやっと、自転車の急ブレーキ音が響いた。

ライオンの心配そうな声が聞こえてくる。

「……今、『ぎゃふん』って言わなかった……？」

「……ああ。さすがの俺も心が痛いわ」

「オズ設定はどこいった！　バカああ！」

小夏《こなつ》から送信されてきたメールによると、駅からしばらく電車に揺られ、一本乗り換えれば木枝《きえだ》の住む町に到着する。

「……泣くなよ」

「話しかけないでくれる？　湧《わ》き出る殺意と鼻血を押さえるので今、手一杯だから」

拒絶され再び本に視線を落とすブリキと、電車内でも昼寝を楽しめるライオンの間に座り、私は鼻にハンカチを当て続ける。

正面の車窓に映る三つのシルエットを眺めながら、私は先ほどカカシと電話で交わした会話を思い出していた。

ばらばらになってしまう。カカシの言葉は、昼休みの屋上に微《かす》かに響いた。

『……何もわかんない。カカシは知恵が無いから、どうすればいいのかわからなくなったよ』

「カカシ。先生とは会ってるの？」

『ううん。もう会ってくれない』

やっぱり。秘密がバレてしまった今、木枝にとってカカシと会うことはきっとリスクが大き過ぎるのだろう。

「それで、カカシは苦しいの？」

『わかんない。わかんない。いつかひとりになることわかっていたのに。だからちゃんと強くなったのに。ちゃんと嫌いになったのに。なのに……』

声を絞《しぼ》り出すように、彼女は答えた。

それは嫌いになれていないんだよ、カカシ。まだ先生のことが好きなんだよ。自分を護《まも》ろうとしてついた嘘《うそ》が、剝《は》がれようとしている。

『先生、電話も取ってくれなくて、だから家に行ってみたの』

「うそ……会えたの？」

『会えなかった。先生は朝、学校に出かけて。あたしは先生の家を見てた。ずっと。お昼すぎになって、先生の奥さんと小さな子供が出てきて、買い物に……』

悪い予感がした。カカシと奥さんなんて、絶対に出会ってはいけない二人のような気がした。

『先生の奥さんは子供を遊ばせたまま、おばさんと立ち話してて。話に夢中で、子供はふらふら歩きだして……それが危なっかしくて、あたし……』

カカシはそれっきり黙ってしまった。自分の心臓の鼓動が速くなるのを感じる。

「カカシ……？　今、どこにいるの？」

『……わかんない』

「お子さんは、そこにいるの？」

『うん。ずっと一緒に遊んでた』

消え入りそうな微《かす》かな声で、カカシは辛《かろ》うじて呟《つぶや》く。

どうしよう。私に何ができる？　何を話せばいい？

「……今、二人でいるの？」

『……』

「どうして……連れてっちゃったの？」

『……わかんない』

「わかんないばっかじゃわからないよ……！」

歯痒《はがゆ》い。せっかく話すことができたのに、私の声が届かない。カカシの言葉が聞こえない。

『わかんないよ、だってあたし、脳みそが……！』

「ちゃんとあるよ！　わからず屋！」

「おい、ケンカしてどうする」

突然の声に振り向けば、ブリキが小さく首を振る。

ケータイを握りしめて、すぐに言葉を探した。私たちを繋《つな》ぐものはもう、言葉しかない。この電話を切ってしまえば、もう二度と、カカシの声を聞けなくなるような気さえした。

「ねえ、カカシ？　……君はちゃんと、脳みそ持ってる。悩んでるのがその証拠だよ。いっぱいいっぱい考えて、だから苦しんでいるんだよ。知恵のあるカカシは、知恵があるから、ひとりぼっちを恐れていたんだ」

『……』

「ひとりぼっちの辛《つら》さ、ちゃんと知ってるじゃない。カカシは、だから、私のそばにいてくれたんでしょ？　だからブリキにさ、〝バカ!!〟って、言ってくれたんでしょう？」

私は思い出す。カカシはいつでもそばにいてくれた。アメくんとの話を笑い飛ばしてくれた。私が泣かないように、隣に座っていてくれた。私が死のうと屋上へ上った日だって、「一緒に帰ろう」って、言ってくれたんだ。

言葉は少ないけれど、彼女はいつだって私を支えてくれていた。私はカカシに救われていた。

なんて優しいんだ。

人形の振りしておきながら、カカシはちゃんと、私のことを考えてくれていたじゃないか。

「君はちゃんと泣けるはずだよ。君は人形なんかじゃない。ちゃんと脳みそ、持っているはずだもん。だから何をしてほしいか、言ってほしいんだ。私たちはカカシに、何ができる？」

『カカシは……。あたしは……』

聞かせてほしい。本当の言葉。本当の感情。

『あたしは、ひとりが怖いの』

「うん」

『嫌われるのが怖いの』

「うん」

『だから、いつひとりぼっちになってもいいように、感情を殺して……』

「バカな振りしてた？」

耳をすます。キィ、という金属音はブランコだろうか。彼女は今、公園にいるのだろうか。

『……だから、ね。こんなはずじゃなかったの。こんなに苦しくなるはずじゃ。だって、ね。あたしはひとりなのに、先生には家族がいて、私を必要だって言ってくれたのに、もう会ってくれなくて……』

感情を殺せなくなったカカシは今にも崩れてしまいそうだった。溢《あふ》れ出る感情で、ばらばらになってしまいそうだった。泣きだしてしまいそうなのを、我慢している。

『この子はとても可愛《かわい》くて。なのに、この子が消えてしまったら先生はどんな顔するんだろうって考えてしまうの。あたしが、この子を連れてっちゃったら、ひとりぼっちになった先生はあたしを必要だって、言ってくれるかもしれないって、考えてしまう。嘘《うそ》をついた先生が憎くて、先生に愛されてるこの子が憎くて……。あたしはそんな人じゃないのに。憎いよ。苦しいよ。……あたしは、誰？』

「君は、カカシでしょ。私たちのカカシでしょ」

『ドロシー……。どうしよう。どうしようあたし……崩れてしまうよ……！』

ワラでできた案山子《かかし》のように、支えを失《な》くした彼女は崩れていく。

〝あたしはカカシだなあ〟

ブリキに言った、その言葉通りに。

物語に描かれるカカシも、ひとりぼっちを恐れていた。広い畑の真ん中にぽつんと、立ち続ける自分の境遇《きょうぐう》を嘆《なげ》いていた。

「知恵が欲しい」とカカシはドロシーに言った。

でもその寂しさは、知恵を持っているがゆえのものだ。歌を歌って陽気に振る舞い、仲間を想《おも》って悩むその姿を、私たちが放っておけるものか。

だって君は、大切な友達だから。

「カカシ、『オズの魔法使い』を思い出して。ひとりぼっちだったカカシはドロシーに杭《くい》から外してもらって、一緒に旅に出るんだよ。黄色いレンガ道はでこぼこで、支えを失《な》くしたカカシは何度も何度も転んでしまうけど、そのたびにドロシーやブリキの木こりが起こしてあげるんだよ」

ひとりぼっちで、不安や痛みと戦っているカカシを支えてあげたい。

懸命にがんばっている彼女を、今すぐ抱きしめたくなる。

「カカシ、人はひとりじゃ生きられない。君が言った言葉だよ。カカシ！　私たちを頼って。君が私のそばにいてくれたように、私たちだって、君を助けたいんだよ」

伝わってほしい。信じてほしい。私たちがそばにいることを。

だからもういいから。

もう、泣いてもいいんだよ、カカシ。

『……嫌わないでね？』

「嫌わないよ。絶対に。私たちはずっと君のそばにいる。だから君の声を、聞かせて」

『……助けて。あたしを助けて……！』

「待ってて！　すぐ行くから」

その言葉で、ライオンが駆け出した。「校門前で待ってる」と言い残して屋上から出て行く。

『……ごめんね。ドロシー』

カカシが頼ってくれて、私は嬉《うれ》しくなって笑った。

「そういうときはね、ありがとうって言うんだよ」

カカシも、電話の向こうで笑ってくれたような気がした。

「で、あいつはどこにいるんだ」

電話を切ったあと、立ち上がったブリキが尋《たず》ねる。

「先生の家の近くの……あ、どこだろ。木枝《きえだ》の家って」

ブリキには呆《あき》れられてしまうかと思ったけれど、彼は「クラスに情報通がいるんだろ」とそれだけ言い残し、屋上をあとにしたのだった。


カカシから聞いた公園名を、ブリキがケータイのナビゲートサイトで検索して発見した。「あんたケータイ持ってんじゃんか」と責めてみたが、「ああ」と軽く流される。

秋空に赤みが差し始めた頃、私たちは公園に到着した。制服姿のカカシはブランコに座っていて、その前に立つ三、四歳くらいの女の子と笑い合っていた。

私たちを発見したカカシはすぐにブランコを下り、走ってきて私に抱きついて、泣きじゃくった。声を上げて泣き続けるカカシの頭を撫《な》でる。

カカシは、いつ崩れてしまうかもわからない世界に怯《おび》えていた。嫌われて、存在を否定されることに怯えていた。そんな世界を生きるために、嘘《うそ》をつくことを覚えたんだ。弱い自分に嘘をついて、自分は誰も必要としないんだと嘘《うそ》をついて、ただひとりファンタジックな世界に生きていたんだ。

この子は人形なんかじゃない。ちゃんと脳みそを持った、知恵のあるカカシだ。だからこんなに悩んで、苦しんで、自分の感情と戦っていたんだ。

「がんばったね」

カカシを抱きしめる。その体は小さくて儚《はかな》くて危うくて、愛《いと》しかった。


私たちはお子さんを先生のマンションへ連れていった。

インターフォンを鳴らして出てきたのは奥さんではなく、隣人のおばさんだった。先生と奥さんは警察署へ失踪《しっそう》届を出しに行っていると言う。彼女は何かあったときのためにと留守番を買って出たらしい。

「お子様が公園で遊んでいるところに遭遇《そうぐう》しまして。これはもしかして迷子かな、と危惧《きぐ》し、お子様からおうちの場所を教えてもらいながら送らせてもらったのですが……余計なことではなかったでしょうか……?」

ブリキが好青年に変身して、驚く。これはかつて屋上で見せてくれた、嘘つきスマイルだ。

申し訳なさそうに視線を上げるブリキに、おばさんは「あらあら」と笑顔を見せた。

彼女の連絡を受けて、先生と奥さんはすぐに戻ってきた。奥さんはお子さんを抱きしめて、

私たちに何度も頭を下げた。頭を下げるのはこちらの方なのにと、少しだけ罪悪感が生まれた。

何かお礼がしたいと部屋へ促《うなが》す奥さんに、「お気持ちは嬉《うれ》しいのですが用事を残していますので」とブリキが残念そうに微笑《ほほえ》む。そして青ざめる木枝《きえだ》に向かって、「まさか先生のお子様だったなんて。世間は狭いものですね」とにっこり会釈《えしゃく》をした。


私たちは初めて四人一緒に帰った。見晴らしのいいアスファルトの上り坂をだらだら歩く。見下ろした町並みを夕焼けが赤色に染めて、空には茜《あかね》雲が広がっていた。

先を歩くブリキとライオンの後ろで、私とカカシは手を繋《つな》いで歩いた。傷だらけの指を握りしめる。カカシは先生のお子さんと何をして遊んだのかを話してくれた。

「……ドロシー。ありがとう」

恥ずかしそうに、彼女は呟《つぶや》く。それから前を歩く二人にも声かけて、振り向いた彼らにも「ありがとう」を告げた。ライオンは照れたように笑い、ブリキは「ふん」と鼻を鳴らす。そんな彼の表情は初めて見るくらいに穏やかで、「なんだ、この人やっぱりカカシには優しいんじゃん」と嬉《うれ》しくなった。カカシとブリキの間に何があったのかはわからないけれど、少なくとも今は、訊《き》く必要なんてない。

「寂しくなったら、いつでも私の家へ遊びにおいで」

「うん」

「あと、指をかじるのはよくないよ」

私は鞄《かばん》を漁《あさ》る。いつかカカシに渡そうと準備していた、アメくんに貰《もら》った小さな丸い棒付きキャンディー。

包みを破いて口に含み、カカシはそれをすぐにボリボリと噛《か》み砕いてしまう。

「えええ!?　なんてあごしてんの」

もう一本取り出して、包みを破いて渡してやった。

「舐《な》めて味を楽しむもんだよ、キャンディーってのは」

彼女は「甘い」と目を細める。膨《ふく》らんだ頰《ほお》が可笑《おか》しかった。

「その方が似合うよ。君は女の子なんだから」

私の言葉ににやけるカカシは、とても可愛《かわい》い。


先生の家を出るとき、私たちの後ろに隠れていたカカシは最後まで玄関先に残り、先生の家族へ振り返った。

「先生、さようなら」

カカシに応《こた》えて、奥さんに抱かれたお子さんが右手を振った。その腕には、カカシがシロツメクサの茎《くき》で編んであげたというブレスレットが揺れていた。

4　ブリキ

西のわるい魔女は手下たちに命令しました。

「やつらをやつざきにしてしまえ！」

旅する一行に、さまざまな敵がおそいかかります。

木こりのおのでオオカミをなぎたおし、カカシの知恵でカラスを翻弄《ほんろう》し、ライオンの咆哮《ほうこう》で魔女の家来を追いはらい、四人はくじけず歩きつづけました。

それぞれの願いをかなえるために。

知恵を、心を、勇気を手にいれるために。そしてカンザスへ帰るために。

しかし空とぶサルにおそわれて、とうとうドロシーはわるい魔女につかまってしまったのです！

×　×　×

ソラ、という名の女の子がいた。彼女はよく笑い、よく泣き、よく怒った。それはまるで目まぐるしく移り変わる空のように。それほど彼女は感情豊かだった。

ソラは好奇心旺盛《おうせい》で、何にでも首を突っ込みたがった。皆が一斉《いっせい》に幸せになるということを、本気で考えているような子だった。

いつも屋上で本を読むブリキの隣に、彼女は座った。

「何を読んでいるの？」から始まり、「今度おすすめ持ってくるね」で終わるまで、ブリキは読書に集中できずにいた。それでも彼は応じた。彼女と話すのは苦ではなかった。わざわざ屋上に上るのは人との接触を避けるため。しかしその理由は変わりつつあった。

ブリキは屋上で彼女を待つようになった。ソラが訪れたときにはぶっきらぼうに照れ笑い、姿を見せない日は無意識のうちに夜遅くまで座り続けた。

それはもう一年も前の出来事。ソラが笑えば、ブリキも笑った。彼女には周りを照らす力があった。彼女には、周りの人を幸せにする才能があった。

それが、私がブリキから聞いたソラの印象だ。

×　×　×

「あの屋上はね、呪《のろ》われてるんだよ？」

クラス一の情報通・小夏《こなつ》は賢《さか》しらに人差し指を立てる。

「昔、あそこは不良の溜《た》まり場だったんだって。夜な夜な不良たちが集まっては、いかがわしい行為に耽《ふけ》っていた、うん。そんなある夜、女の子のひとりが何者かに足首を摑《つか》まれた。その長くて白い腕はどこから伸びてきたのかと見ればなんと、縁《ふち》の向こうの……階下から」

「腕、ながっ」

「ホントだって。その子はずるずると引っぱられ、振り解《ほど》こうとしてもその握力はあまりに強く、ついには屋上の端から下へ、引きずり込まれていったの……！」

「ないない。フェンスに引っ掛かるじゃん、普通」

「熱っ」

白いたい焼きにかじりついた小夏は、その欠片《かけら》をポン、とすぐに吐き出した。

「ちょっと！　汚いなあ」

「仕方ないでしょ、猫舌なんだもんっ」

「猫舌がなんでそんな豪快にかじりつくのよ」

店先の縁台に腰かけ、私と小夏は白いたい焼きを頰張《ほおば》っていた。小夏が欲張って四個も注文するから、どうせ食べきれないだろうと予想して私は一個にしておく。

「アンコでしょ、カスタードでしょ、チョコクリームでしょ、チョコクリームカスタード。全種類一度は食べておきたいよね。情報通としては」

最近学校の近くに暖簾《のれん》を垂《た》らしたこのたい焼き屋さんは、民家を改造したものでまだ知名度も低い。人通りの少ない路地裏に面していて、こんな場所に店を出して、買い食いの学生獲得に熾烈《しれつ》を極める他店との放課後戦争に勝てるのだろうかと心配になる。

私たちの前を、おばあさんがひとり乳母《うば》車を押して横切っていった。何とものんびりとした光景だ。秋の日差しは住民に優しい。

「とにかく、それから屋上は厳重に出入り禁止となったたってわけ。鍵《かぎ》だってかかってんだから」

「へえ」

「てかさ、これ一年くらい前に騒がれてたことだよ？　もう今更感さえある怪談なのにさ、なんで加奈《かな》知らないの」

「さあ」

一年前といえばアメくんと始終べったりとしていた時期だ。私はアメくんのこと以外に興味はなかったし、おかげ様で友達と呼べる人はほとんどいなかった。私が噂《うわさ》話や去年の話題を知らない理由を問われれば、その答えは恐らく「彼以外見えてなかったから」。何か痛い子だ。

「結果的に、屋上へは入れなかったんでしょう？」と小夏。

「そ、結果的に、あの人を忘れられる場所なんてなかったの」と私。

木枝《きえだ》の住所を教えてもらった代わりに、私は小夏にたい焼きを奢《おご》ることになってしまった。

私が最近何をしているのかしつこく訊《き》くので「別れた彼を忘れられる場所を探している」と答

えた。屋上の存在は秘密だ。嘘《うそ》をつくのは苦手なんだけど。

　ブリキの嘘つきスマイルを真似《まね》て笑顔を作る私を、小夏《こなつ》は大げさに励ましてくれた。

「加奈《かな》、私ずいぶんと誤解をしていた。高校に入ってから加奈ってば急に冷たくなったじゃない？　何となく華やかになったっていうか？　きっと恋人ができたせいで、性格ひん曲がってしまったのだと思っていたの。でも違うんだね。彼を、愛し過ぎていたがゆえ、だったんだね」

「え？　どゆこと？」

「でもね加奈。加奈は別れて正解だったと思うの。そのおかげでほら、こうしてまた仲良くなれたわけだし？　加奈は恋人の代わりに、親友を手に入れたんだよ！」

「また仲良くって……中学のときだって特に親しくなかったような」

　とは言え、一緒にたい焼きを食べられるような人ができたのは、小さな進歩とは言えるのかな。小夏は、高校に入学してからずっとアメくんばかりを追っていた私の、初めての友達なのかもしれない。いや、初めてはカカシなのかな。そう考えると何だかくすぐったい。

「それにしても納得いかないわ……。これぱっかりは譲れない。おばちゃん！　今日び尻尾《しっぽ》の先に具の詰まってないたい焼きなんて絶滅危惧《きぐ》種だよ？　お店潰《つぶ》れちゃうよ⁉」

　小夏が四個目のチョコクリームカスタードたい焼きを頬張《ほおば》り、ぶうぶう文句を垂《た》れる。

　この子がこんなに大食いだというのも初めて知った。新しい発見は新しい一歩に繋《つな》がる。おかげさまで最近は少し、毎日が楽しい。

×　×　×

屋上出入り口側にこんもり置かれたブルーシートの山が、やや大きくなっているように感じた。ブルーシートを捲《めく》ると赤いポリタンク。やっぱり。いつの間にか増えてる。

「ねえ、いい加減教えてくれてもいいじゃん。あれで何するの？」

針に糸を通そうと片目を瞑《つぶ》り、その小さな穴に神経を集中させていたブリキはこちらへ視線を移すことなく、「お前には関係ない」と呟《つぶや》いた。

「それ聞き飽きたあ！」

彼の膝《ひざ》に垂れる白い布は、その横方向に数十メートル先まで伸びている。異常だよ。異常な長さ。マフラーをしながら野外で裁縫《さいほう》、ってのもまた不自然な光景だ。

「それ。その気持ち悪いくらい長い布。何に使うの？」

「お前には関係ない」

す、と糸先が穴に通ると、ブリキの表情がふんわり綻《ほころ》んだ。人の話を聞こうとしないその態度に腹が立って、ブリキの摘《つま》む針を人差し指で弾《はじ》いてやる。針は糸を置いてけぼりにしてぴん、と飛んでいく。ブリキの指先には糸だけが残った。

「……お前……」

口を逆三角形にして震えるブリキを見ないフリし、踵《きびす》を返す。ウンザリなのはこっちの方だ。いつまで仲間はずれにするつもりなんだ。

決闘ごっこをして遊んでいるカカシとライオンの元へトボトボ歩いた。

「聞いてよ。またあの陰険眼鏡《めがね》が私を仲間はずれにするの」

「いじめっ子だねえ」とライオンが苦笑い、カカシが「よしよし」と頭を撫《な》でてくれる。ブリキに背を向けたまま、私は二人の肩を引き寄せ声を潜《ひそ》めた。

「ね、ね。あのポリタンクの山、どうするつもりなの？　誰にも言わないから、こっそり教えて」

二人は困ったように口をつぐんだ。

「それは……オレたちからは何も言えないんだよ。ごめん」

「どうして？　復讐《ふくしゅう》に関係あるから？　そもそも復讐って何？」

「……うーん……」

ちらりと後方を見やると、ブリキが四つん這《ば》いになって飛んでいった針を探していた。几《き》帳面《ちょうめん》な奴《やつ》。あいつ絶対A型だな。

再び視線を戻した私に圧倒されて、ライオンが苦笑を崩さず後退《あとずさ》る。

「私知ってんだからね。あのタンクに入ってんのは、本当は水なんかじゃなくて――」

「ブリキは」

カカシの声に振り返る。

「ブリキは。ブリキが死ぬのは、あと一週間とちょっとだね」

え？


「ちょっと」

腰に手を当て仁王《におう》立ちする私の姿に、ブリキは布に針を通す手を止め、やおら顔を上げた。

声をかけたものの、なんと言っていいのか迷った。あんたそろそろ死ぬの？　でいいのか。

「何だ」

例の如《ごと》く、他者を寄せつけないオーラを纏《まと》ってブリキが呟《つぶや》く。

「あんた、あと一週間ちょっとで死ぬの？」

ああ、結局ストレートだ。

ブリキがキッと私の後ろに隠れるカカシを睨《にら》んだ。私はカカシを庇《かば》いながら続ける。怯《ひる》んでたまるものか。今回に限っては。

「どうなの？」

「一週間と二日」

「復讐はどうしたの？」

「これから」

「あのポリタンクも、それに関係してんの？」

「ああ」

「復讐《ふくしゅう》って何？」

「……お前な」

ブリキは大きくてワザとらしい、ため息をひとつついた。

「お前には関係ないことだ」

「なんでそんなに隠すの？　やっぱ後ろめたいわけ？」

「言う必要がないから言わない。公然と宣言することでもない」

にんまりと笑う私を、ブリキは訝《いぶか》る。

「……何だ」

「わかってんじゃん」

「何が」

「自分がよくないことしようとしてるってこと」

ブリキが力を抜くのが見て取れた。〝何を今更〟といった様相《ようそう》。偉そうに。

「俺は悪だ。その通りさ。満足か？」

「いいえ」

「何が言いたいんだお前は。死ぬなとでも？」

「いいえ。死にたいなら死ねば？」

なぜだか胸が痛んだ。〝死ね〟という言葉は、想像以上に重たい。

「益々《ますます》理解不可能だな。だから放っておけと言ってる」

「でもさ、死んで終わらせるなんて逃げてるだけじゃない？　わがままだよ。弱虫」

「お前が言うか……何でもかんでも首を突っ込もうとするな。何も知らないくせに」

「知ってるわけないじゃん。あんたが何も教えてくれないから」

「なんで俺が教える必要がある？」

「だって！　私たちは、その……友達、でしょ」

「黙れ」

ああ、勇気を振り絞《しぼ》って言った私の恥ずかしい台詞《せりふ》さえ、彼は冷たく突き放す。顔が熱くなった。

「いちいち関わろうとするな。お前はソラに似ている。余計な真似《まね》するから痛い目に遭《あ》う。なんでそれがわからない？　バカなのか？　嫌いなんだよ、お前みたいな奴《やつ》は」

「……何？　空……？」

ブリキが布を置き立ち上がると同時に、私の前にライオンがすっと割り込んできた。

背の高いライオンをブリキは見上げる。二人は、お互いを睨《にら》み合っていた。

「……謝りなよ」

ライオンが、らしくない低い声でブリキに言った。

「一体誰に？　ソラにか？」

「……」

「お前、勘違いするなよ。俺はお前も死ぬほど嫌いなんだ」

「わかってるさ」

やばい。空気が重い。

沈黙が流れ、それを破るようにブリキが扉《とびら》の方へと足を向けた。ギィと黄色い扉を開き、出て行くその後ろ姿を見送りながら、私は息を吐いて気持ちを落ち着ける。今日はいつもにも増して、ブリキの〝あっち行けオーラ〟が強かった。

「……空って、なんだろ」

私の独り言に、普段通りの優しい笑顔でライオンがその意味を教えてくれた。

「ソラって、名前だよ。たぶんブリキが、唯一《ゆいいつ》心を許した人。彼を初めて、〝ブリキ〟って呼んだ人」

「え。その名前ってカカシが付けたんじゃないの？」

「カカシはソラの真似《まね》をしたんだよ。彼がブリキならあたしはカカシ、そして僕はライオンっていうふうにね」

「……ソラ……さん？　ブリキが心許した人なんているんだ。この学校の人？」

「ソラはもういない。休学しちゃったんだ。去年の、十一月三日に」

「え……」

十一月三日。それは、一週間と二日後の日付だった。

「ブリキは何があっても復讐《ふくしゅう》を果たすよ。止められやしない、絶対に」

ライオンは寂しげに笑う。

「きっと今度ばかりは、ドロシーにもさ」

冷たい風が吹いて、私は身を縮めた。もふっとカカシが抱きついてきた。

冬がゆっくりと近づいてきている。私たちがこうして屋上にいられるのも、あと僅《わず》かなのかもしれない。


帰り道、私はカカシを誘って寄り道をした。訪れた公園はとても広く、野原に挟まれた遊歩道が長く続いている。私がアメくんから教えてもらった彼岸《ひがん》花畑は、遊歩道を真《ま》っ直《す》ぐ歩いたその先にある。

私に「死んでしまおう」と決意させたあの真っ赤な彼岸花は、今はもうすべて散ってしまっていた。根元からは緑の葉が覗《のぞ》き、私の心を揺らしたあの形とはだいぶ姿を変えている。

「あーあ。もう散ってしまってる」

「彼岸花《ひがん》?」

「そ。ここら一帯が赤く染まってたんだよ」

私とカカシは、畑を見渡せるベンチに並んで腰かけた。カカシが小さく丸い棒付きキャンディーを取り出し、包みを破き始めた。

「食べる?」

カカシがポケットから三本の棒付きキャンディーを取り出し、こちらへ差し出す。

「プリン味がいい」

「ないよ。それはすぐになくなるの。あたしの一番のお気に入りだから」

「そうなんだ。あの味は神だよね」

思わぬ共通点ににやけ合った。私は三つのキャンディーからコーラ味を選び、包みを破いた。アメくんが一番好きだと言っていた味。あらためて食べてみると、当たり前でつまんない味だな。

私たちはしばらくキャンディーを舐《な》めて黙っていた。

風が彼岸花の葉を揺らす。閑寂《かんじやく》な公園に、ざわざわと草木の擦《こす》れる音が響いた。

「……ここね。アメくんに教えてもらった場所なんだ。秋になったら彼岸花が咲いて綺麗《きれい》だから、一緒に見に来ようってさ」

カカシはキャンディーで頬《ほお》を膨《ふく》らませたまま、「見られた?」と顔を上げた。

「見られたよ。ひとりでね。真っ赤に揺れる彼岸花をぼーっと見てたらさ、めちゃくちゃ死にたくなった」

吹き出すカカシ。笑われて、こちらも妙に可笑《おか》しくなった。自分の暗い過去をこうして笑えるというのは、以前よりかは、変われたのかなと思う。

「酷《ひど》いよカカシ。本当に苦しかったんだよ」

「ごめん。でも同じ花なのに。どうやって見るかで、そんなにも印象が変わるもんなんだね」

大好きな人と二人で見る彼岸花は、きっと綺麗に見えるんだろうなと思う。それが一転し、振られた身で眺める同じ花で、死にたくもなってしまう。

「ブリキも今、苦しいのかな」

ブリキのことを考えてしまう。何も知らない私が軽々しく「助けたい」と言うのもおこがましい気がするけれど、力になれることがあるならやっぱり助けてあげたい。

「カカシは、ブリキやソラさんって人のこと知ってるの？」

「うん。でも二人のことは、私からは言えないよ。私が勝手に言っちゃいけない気がするの」

「……うん。そうだね」
二、三度点滅して、外灯が灯《とも》った。ひと気のない公園に、夜が訪れようとしている。
コロリ、とカカシが口内のキャンディーを転がす音。

「ブリキはね、すべての人が嫌いなの。世の中の大半は〝死んだ方がいい人間〟で、ほんの一握りだけ、〝死んではいけない人間〟がいるんだって。ブリキは言ってた。心臓の価値は、人それぞれで違う」

「何それ。えっらそうに。自分はその一握りだって言いたいわけ？」

口から取り出した棒付きキャンディーを指先で摘《つま》んで回しながら、カカシはゆっくりと、言葉を選んでいた。

「違うの。あたしも同じようなこと尋《たず》ねた。そしたら、『愚問だな。俺以上に死んだ方がいい人間はいない』って。ブリキは人が死ぬほど嫌い。そしてそれ以上に、自分が嫌いなんだね」

カカシは再びキャンディーをくわえる。その視線はじっと彼岸花《ひがん》へ注がれていた。

その横顔に尋ねてみる。

「……私たちのことも嫌っているのかな」

「あたしはカカシ。ライオンはライオンでしょ？　人じゃないよ。ドロシーは……カンザス州から来た……人間」

「やっぱり。だから私だけ仲間はずれにすんのか、あいつめ」

私たちは笑い合った。

ふと疑問が頭をよぎる。じゃあソラさんは？　ブリキにとってソラさんは、人ではなかったのだろうか。

「彼岸花の花言葉って知ってる？」

私の質問に、カカシは首を横に振った。

「花言葉はね、〝悲しい思い出〟」

「悲しい思い出……何か、切ない」

「ね。なんて花見せてくれてんだアメくん、って思うでしょ。でもね、ほかにもあるの、花言葉。それがね、〝また会う日まで〟だって」

「また会う日まで……」

私は得意になって笑う。

「そう。今はまだ、私にとってアメくんは〝悲しい思い出〟かもしれないけど。でも、少しずつ変わっていってる気がする。いつかまた赤く染まった彼岸花を見て、今度は〝また会う日まで〟って思えたらいいなって」

「来年は見られるかな」

「見られるよ。見に来ようよ、みんなで。ライオンも、ブリキも一緒にさ」

私たちは変われる。変わっていける。こんな私だって少しずつ変わっていってるんだ。ブリキが変われないはずがない。

「……見られたら、いいね」

カカシは言った。その言い方が先ほどのライオンと似ていて、やはり寂しそうで、悔《くや》しくなる。

私はきっとブリキを救いたいんじゃない。この生活を守りたいだけなんだ。これはエゴだな、とため息をついた。けれど、かつてアメくんに「死んでしまう」とメールを打った私だって、エゴの塊《かたまり》そのものだった。だから今更自分のエゴイズムに気づいたって、それはショックでも何でもない。私は私のしたいことをすればいい。

ライオンやカカシが変わってくれたことが、私の背中を後押しした。

×　×　×

ブルーシートを捲《めく》ってみた。ポリタンクが十三個。昨日より一個増えている。

ブリキは本を読んでいた。いつもの光景。一週間と一日後、彼は死のうとしている。でもとてもそんなふうには見えない。他人の内面なんて、誰にもわからないのかもしれない。

「あんたがいなくなったら、私たちは何して遊べばいいのよ」

「何も変わらないだろ。俺らが一緒に遊んだことなんてあったか」

いつものように本から視線を外さずに、ブリキは答える。

「出た。屁理屈《へりくつ》……」

「事実だろ。ほっとけ」

ブリキは会話をばっさり切ってしまい、私は彼の隣に座るタイミングを逃《のが》してしまった。やきもきして屋上を大きく一周して歩く。

腕を組んで考えた。

彼に「死ぬな」と言うには、まず彼と仲良くならなくてはいけない。何も知らない私の「死ぬな」なんて、他人を寄せつけないブリキにとっては戯言《ざれごと》に等しいに違いない。でも仲良くなるってどうやって？　これは何気に難関だった。

「これから死のうってのにさ。なんで本ばっか読んでんの？」

再びブリキの前に立った私は彼の答えを聞く前に、思い切ってえい、と隣に座ってみた。そのとき、彼の持つ本の表紙を覗《のぞ》き見て、はっとする。

緑色のお城をバックに、キャラクターたちが黄色いレンガの道を歩いている。それは私がここに来た最初の頃、カカシに見せてもらった本。

『オズの魔法使い』。

「ものすごく……読むの遅いのね」

むっとしたようにブリキが顔を上げて睨《にら》みつける。

「読み直してるんだ」

「同じのを？　どうして？」

言ってしまって後悔した。答えはきっと決まっている。

「お前には関係ない」

ほーらね。人間嫌いらしい口癖《くちぐせ》ですこと。

「……お前に俺のことはわからない。俺にお前の気持ちがわからないようにな」

おや。返答の量が少々増えた。以前アメくんへの復讐《ふくしゅう》について私を責めたのを、少しは反省してくれているのだろうか。でもその言い方はすごく悲観的だわ。他人の気持ちはわからない。でもそれは、距離を置いているからだ、と信じたい。カカシだって、そうだったじゃないか。

「読み直してるって、何度も？」

「ああ。悪いか」

「ふうん。……大切なんだね、その本」

ブリキはキョトンと目を丸くした。何だいその君にしてはレアなリアクションは。私、変なこと言っただろうか。

「そういうわけじゃない」

「好きなんでしょ？　大切な物語ってさ、何度も何度も読みたくなっちゃうよね。わかるよー

その気持ち。私だってそうだもん」

「どうだろうな」

「好きかどうかもわかんないの？」

「最後までは、読んだことがないんだ」

今度は、私が目を丸くする番だった。何度も読んでいるのに、最後までは読んでいないなんて、不思議。

ふとある可能性が浮かんで、デリカシーのない私はついそれを口にしてしまう。

「それ、ソラさんに貰《もら》った本なの？」

ブリキの動きがピタリと止まって、それからゆっくりとこっちへ視線を向けた。

「お前はソラを、知っているのか」

「知らない」

「誰かから聞いたのか」

「〝ソラ〟ってのが人の名前だってことだけ。あとは何も聞いてないよ」

「……」

沈黙が生まれた。

何でもない毎日の何でもない放課後。今日は風もなく、比較的暖かい。

ライオンはコンクリートの上の敷物にうつ伏せ、その隣に座るカカシから勉強を教えてもらっていた。彼は授業に出席していなかったせいで、学習の進行がだいぶ遅れてしまっているのだ。

遠くから吹奏楽部《すいそうがく》の合奏が聞こえ、澄み切った空にＢＧＭを乗せる。のんびりした空間が心地よかった。ライオンの好きな青空だ。

「……確かにこの本は、ソラに貰《もら》った」

　ブリキがふいに口を開く。

「だがあいつはもういない」

「どこに行ったの？」

「……」

　座る私の足元へ、ブリキは視線を送る。

「あいつはいつもそこに座っていた。この屋上は俺のお気に入りの場所だった。いつもひとりで本を読んでいた。あいつがここに来るようになって、ひとりじゃなくなって。それでもここは俺のお気に入りの場所だった。それは変わらなかった」

「だった、だなんて。まるで今はお気に入りじゃないみたい。今でも君、そこに座っているじゃん」

「……そうだな」

　おやおや。いつもと違って素直。そこで初めて気づく。彼の私に対する威圧感が、緩《ゆる》くなっている感じがする。

「だが一年前のように好きで座っているわけじゃない。ここに来ると思い出すんだ」

「ソラさんのこと？」

「あの日、自分のしたこと。ソラもこの場所が好きだった。俺もソラも、この場所から見上げる星空が好きだった。二人で天体観測をしようと言った。そう約束した」

私とアメくんと一緒だ。頭の中で、強い赤が揺れる。

「そんなソラを傷つけて、ここにいられないようにしたのは、俺だ」

天体観測の約束は、果たされなかった。

滅多《めった》に感情を出さない彼だけど、私にも察することができた。彼の悲しみ、苦しみ、後悔に満ちた感情は、その言葉の端々《はしばし》に感じられた。

ブリキが、泣いている。

×　×　×

一年前、当然のことだけど、ブリキは高校一年生だった。それはまだ夏薫る九月も上旬のこと。人と話すよりも読書を好む彼は、教室にいづらさを感じていた。そんな彼が二学期になって見つけた場所が、この屋上だった。

課題で使うと嘘《うそ》をつき、こっそり屋上の合い鍵《かぎ》を作った。鍵を閉めてしまえば誰も来ない。この広い空間はブリキだけのものだった。お昼の休み時間や放課後、時間があれば屋上へ上って本を読んだ。教室の喧騒《けんそう》から解放された空間は居心地がよかった。何より、煩《わずら》わしい人付き合いを回避することができるのが嬉《うれ》しかった。

「俺はこいつらとは違う」

クラスメイトたちに対して、ブリキは漠然とそう感じていた。こいつらは卑怯《ひきょう》で、弱くて、滑稽《こっけい》だ。何を恐れることもなく、ブリキは本気でそう思っていた。

ブリキの眼鏡《めがね》には、人間の悪い面ばかりが映る。

他者の欠点を挙げることで自分の価値を主張する者。その主張に賛同することで自分の価値を取り繕《つくろ》う者。みな自分の立ち位置を得るために、自分の価値を演出する。

群れを好む者たちに少しでも心を開けば、手作りの偽善《ぎぜん》を押しつけてくる。それに賛同できなければ悪と見なされた。彼らと同じ話題で笑えなければそれだけで、弱者と見なされた。

弱い者は当たり前のように軽《かろ》んじられる。だからみな無理して笑うのだ。

偽善、建前《たてまえ》、見栄、出鱈目《でたらめ》、教室は吐き出される嘘《うそ》にまみれている。

めまいがした。弱者は誰だ？

ひとりじゃ何もできないくせに、群れれば強くなったと勘違いする。

肉も食べる卑《いや》しい草食動物たち。へたくそな笑顔で何を隠しているのかわからない。どうしようもないバカばかりだ。そう考えてしまうと、誰も信用できなくなった。

「君、それ考え過ぎだよ」

そんなブリキの作った壁を、ソラはいとも簡単に壊して侵入してみせた。

ブリキは一学期の休み時間中ずっと机に伏せて、人間観察をしていた。その結果のひとつが

〝バカほど群れる〟だ。けれどソラに関してだけは謎《なぞ》だった。意味不明な女。第一印象はよくなかった。

ソラはクラスのどのグループにも属していなかった。いや、どのグループにも属していたと言った方が正解なのかもしれない。黒髪を揺らしてソラは笑う。屈託《くったく》のないその笑顔は、化粧《けしょう》を必要としない端正《たんせい》な顔立ちによく馴染《なじ》んだ。人懐《ひとなつ》っこい彼女は誰からも受け入れられていた。朝はすれ違う人みんなと挨拶《あいさつ》を交わし、毎日違う友達と昼食を食べていた。好奇心旺盛《おうせい》なソラは何にでも首を突っ込みたがる。困っている人を発見すれば助けるし、困っていなくとも助けようとする。けれどそれを誰も迷惑だとは思っていなかった。むしろ声をかけられたのが光栄だとでもいうふうに笑顔を見せる。

人を笑顔にする能力。恐ろしい力だと、人間観察中のブリキは警戒した。

廊下で彼女とすれ違ったとき、「おはよう」と挨拶をされ、ブリキはそれを当たり前のように無視した。特に理由はなかった。強いて言うなら、言い慣れていないからだろうか。普段していないことをするというのは、酷《ひど》く面倒なことだ。

するとソラは「ちょっと！」と大声を出し、彼を追いかけた。振り向いたブリキは、全力でこちらへ駆けてくるクラスメイトを前にして、つい逃げ出してしまった。朝の校舎内、逃げるブリキとそれを追うソラ。ブリキは走りながら胸中で叫んだ。「何なんだあの女は！」

捕まったブリキに、息も絶え絶えなソラは言う。

「君、なかなか、速いじゃない」

そしてこれまた息、絶え絶えにブリキは答える。

「なんで、追っかけて、来るんだ」

「無視、したでしょ。なんで」

「してない。言った。おはよう」

「嘘《うそ》。言ったの、今じゃん」

それから二人は、顔を合わせるたびに追う追われるの関係になった。ブリキは決して挨拶《あいさつ》をしようとしなかった。無駄に高いプライドが、彼女の言いなりになるのを拒んだ。無視されるたびに、ソラはブリキを追いかけた。あるときはうまく逃げ失《う》せ、またあるときは捕まって挨拶をさせられた。走るブリキを見て、クラスメイトは驚いた。この男が走るなんて、それはとてもレアな光景だった。

ある日の放課後、「バイバイ」と手を振られたブリキは、それを無視して追われていた。しばらく校舎内を走り回ったあと、後方にソラの姿がないことを確認する。うまく撒《ま》けたとひと安心し、ブリキはその達成感を嚙《か》みしめた。そして日頃の日課をなぞるように屋上へ向かい、本を開いたのだった。

汗ばんだ肌に風は心地よく、広がる青空はまだ緑の匂《にお》いを残していた。

一ページ捲《めく》ったとき、ふいに本の文字に影が乗った。見上げた先、腰に手を当てるソラがにたりと笑っていた。

「へえ。こんないい場所あったんだ」

驚くブリキ。「しまった」と眉《まゆ》を歪《ゆが》める。扉《とびら》の鍵《かぎ》を閉め忘れていた。

困惑するブリキをよそに、ソラは辺りを観察するように屋上を歩いて回った。

この頃、屋上に金網は取りつけられてはいなかった。屋上の眺めは今より大きく、足元に広がる運動場を見下ろして、それからソラは両腕を伸ばした。

「いい眺め」

そんなソラの後ろに、ブリキは立つ。

「お前、ここのこと誰にも言うなよ」

振り向いたソラが尋《たず》ねる。

「どうして？　みんな喜ぶと思うよ」

「……誰も、来てほしくないんだ」

「私も？」

「……お前は、いい。見つかってしまったし……」

「やった。ありがとう」

ソラは笑った。夏風が吹いて、肩まで伸びたソラの黒髪を悪戯《いたずら》になびかせた。

ブリキの醜《みにく》い猜疑心《さいぎ》を知ってもなお、彼女は無邪気に笑ってみせた。ソラの笑顔には、人を幸せにする力があった。

ソラはときどき、屋上を訪れるようになった。彼女も本を持参して、二人で並んで読書をした。おすすめの本を紹介し合って、それぞれ交換して読んだ。

時間を忘れて物語に浸《ひた》り、日が落ちて文字が読めなくなってしまえば早々に本を閉じた。それからいろいろな話をする。好きな作家や好きなジャンル、中学校の思い出から昔の恋バナまで。ソラと話すのは楽しかった。

ソラには体の弱い妹がひとりいた。彼女はその妹をとても大切にしていて、妹を大学に入れるのだと、その学費のために自分は就職するのだと、そう言って恥ずかしそうに笑った。

「それが私の夢なんだ。今のところね」

その想《おも》いを口にしてしまえるソラは、ブリキにとって眩《まぶ》しく映った。ブリキには彼女の感覚がわからなかった。妹とはいえ、自分ではない誰かのために自身を犠牲《ぎせい》にできるソラを見て素直に感心し、そして初めて、他人を尊敬した。

「君さ、教室にいるときとは印象違うよね」ソラが言う。

「そんなことない」ブリキは答える。

「そんなことあるよ」

見上げた先には星空が広がっていた。ひとりでいたときには気づかなかった。空を見上げたりなどしなかった。

「キレイだねえ」とソラは呟《つぶや》く。雲ひとつない空に、星は一層輝いて見えた。

「確かうちに天体望遠鏡がある。今度持ってこよう」

「本当に？　いいの？　すごい！　楽しみ」

ソラは笑った。彼女の笑顔は苦手だ。真《ま》っ直《す》ぐな感情に、恥ずかしくて視線を外してしまう。だが苦手ではあっても、決して嫌いではなかった。本当はもっとちゃんと真っ直ぐに、彼女の笑顔に応《こた》えたかった。

だから少しずつ、心を開いていく。

ブリキは少しずつ、変わっていった。


彼女は屋上の存在を誰にも言わなかった。それがブリキには嬉《うれ》しかった。彼女だけには自分の気持ちや考え方など、隠すことなく何でも話せた。だがそのたびにソラは「考え過ぎだ」と言って笑う。ブリキには彼女の無防備さが心配だった。

「どうして誰かを信用できる？　他人の心なんてわからない」

「わからないけど、それでいいじゃない。そんなこと言ってたら君と話すこともなかったし、この素敵な場所を知ることもなかった」

　ソラが笑顔を見せるたび、ブリキの胸に小さな不安が蓄積されていく。その笑顔を、壊そうとする奴《やつ》はきっといるんだ。ソラにわかってほしかった。人間は思っている以上に歪《ゆが》んでいる。もっと警戒すべきだ、と。

「君はほかの人よりもたくさん本を読んでいるのにさ、どうしてそういう思考になっちゃうかな」

「どうせ俺には心が無いんだ。あんな煩《わずら》わしいもの、必要だとも思わないけどな」

　ふん、と鼻を鳴らしてすねるブリキの答えを聞いて、ソラはくすくすと笑った。

　紺色の空を、半月が白く溶かしていた。月明かりを浴びて、その漆黒《しっこく》の髪は揺れる。

「君はまるで、〝ブリキの木こり〟だね」

「……ブリキ？」

「そう。彼には心が無かった。だから人を愛したくても愛せないって、泣いていたんだ」

「俺は誰も愛、したいなんて……」

「思ってるよ、私にはわかる」

　彼女がぐい、と笑顔を近づけると、ブリキはおずおずと身を逸《そ》らした。

「それで……そのブリキはどうなったんだ……？」

「読んだことないの？　『オズの魔法使い』！　名作なのに」

「いや、何となくは知ってるけど……ちゃんとは」

「じゃあ今度貸してあげる！　私大好きなんだ、あの話」

ブリキは児童書を読まない。だがソラのお気に入りなのであれば、興味があった。

「そうだなあ、ひとつ、心を手に入れるためのヒントを挙げるとすれば……」

ソラは人差し指を唇《くちびる》に当て少し考え、意地悪な笑顔を作った。

「君は西の悪い魔女をやっつけなきゃならないね」


ブリキはひとりで過ごす日々が好きだった。今までもそうだったし、これからもそうだと思っていた。しかしソラのいない屋上は殺伐《さつばつ》としていて、広すぎるように感じた。

ただ本を読んでいても、何となくつまらない。屋上の縁《ふち》に立って運動場を見下ろし、そこに男子生徒と二人で歩くソラを発見したときなど、あるはずのない心は微《かす》かに収縮した。

ソラが誰かと二人で帰るのは、とりわけ珍しいことではなかった。交友関係の広いソラには友達がたくさんいたし、その毎日はさまざまな約束で彩《いろど》られていた。決まって屋上に顔を出すわけでもなく、ブリキだけを見てくれるはずもない。

それでもブリキは構わなかった。というか何をどうしようもない。プライドの高いブリキは、ひとり黙々と本を読み続ける。晴れの日も、雨の日も。自分が〝ソラを待っている〟ということにも、気づかずに。

×　×　×

「彼氏ができたんだ」

ある日そう言って、ソラは幸せいっぱいの笑顔を浮かべた。彼女が屋上を訪れたのは久しぶりのことだった。久しぶり、と言っても四、五日ぶりといったところ。それでも、ブリキにとって彼女を懐《なつ》かしく感じるには充分に長い期間だったに違いない。

「あまりここにも来れなくなるかもなあ」

彼女は残念そうに呟《つぶや》く。

「そんなに残念なら、恋人など放って来ればいい」

いつもなら決して口には出さないようなことを、ブリキは言った。自分から感情的に提案するなんて初めてだ。思わず口をついて、ブリキ自身驚いた。けれど最もブリキの動揺を誘ったのは、「それはダメだよ」と答えて困ったように笑う、ソラの表情だった。

その顔を見ることができず、ブリキはすぐに視線を逸《そ》らした。

どうして胸が痛むのか、ブリキには理解できない。恋を知らないブリキには、嫉妬《しっと》の感覚は邪魔なだけだった。

知らない感情にはフタをした。

だからブリキはソラの恋人が誰なのか探ったりはしなかったし、「おめでとう」の賛辞を述べることもなかった。ただ彼女の選んだ人物が、彼女を傷つけたりはしないかが心配だった。

自身で言った通りに、彼女が屋上を訪れる機会は極端に減少した。それでも週に一度は、ソラは屋上に現れた。彼女は今までにも増してよく笑うようになった。けれどその話題の大半は、愛《いと》しい恋人の話だった。

ブリキは言う。

「本、返すのもうちょっとあとでいいか？　もうすぐで読み終わるから」

「いいよ。ゆっくりでも」

ソラから借りた『オズの魔法使い』を、ブリキは毎日読んでいた。けれどそのスピードは酷《ひど》く遅かった。わざとゆっくり読んでいたのだ。すべて読みきって本を返してしまえば、ソラとの関係がより希薄になってしまうような気がしていた。ソラに声をかける理由が、なくなってしまう気がしていた。

屋上から、ソラとその隣を歩く男子生徒を見下ろすブリキの、その心は以前にも増して締めつけられていた。ソラが自分の傘《かさ》を折りたたみ、男子生徒の傘の下へと入る。ひとつの傘を二人で差して帰るその後ろ姿は、幸せに満ちていた。

けれど彼女の笑顔はブリキを悪戯《いたずら》に苦しめる。ブリキにはその理由がわからなかった。こんなことは初めてだった。彼女が幸せに微笑《ほほえ》むたび、ブリキの心は痛む。

彼は、そんな自分の感情に嫌悪《けんお》を抱《いだ》いた。


すれ違えば挨拶《あいさつ》はする。ブリキはもうソラから逃げることはない。けれど屋上以外で、二人はそれ以上の言葉を交わすことはなかった。ブリキはただ見つめていた。友達と楽しそうに笑うソラを、黒板の文字をノートに書き写す真剣な表情を、恋人と歩く幸せそうな後ろ姿を。

ソラの恋人は、同じクラスにいた。名前を吉岡《よしおか》といった。

ブリキは、人気の高いソラのことだから、その恋人とはやはり人気者なのだろうと予想していた。例えばスポーツ万能の体育会系、または学年一の秀才など。しかし彼の予想に反して、吉岡はいかにも冴《さ》えない男だった。クラスでも特に目立つことはなく、友達も多いようには見えない。

教師に質問され回答できなかったとき、間抜けな失敗をしたとき、吉岡は苦笑いを浮かべて誤魔化《ごまか》そうとする。その態度はいちいちブリキをイラつかせた。なぜこんな貧弱な男に惚《ほ》れるのか。ソラの気持ちが理解できなかった。

吉岡の態度は、ブリキだけでなくほかの者をもイラ立たせていた。クラスメイトは彼のどん臭さを疎《うと》ましく思い、ソラはそんな吉岡を庇《かば》う。二人は徐々に、〝群れ〟から外れていった。

ある日、クラスの生徒数名が校舎内で喫煙していたところを、生徒指導の教師に見つかった。事件は、喫煙していたうちの二人がバスケットボール部員であったため、新人戦の大会を辞退するかしないかの騒ぎにまで発展した。ブリキにとってはどうでもいい事件だった。しかし彼は、聞き捨てならない情報を耳にする。

喫煙の現場を教師に告げ口したのが、吉岡《よしおか》とソラだという噂《うわさ》が流れたのだ。

「余計なことには首を突っ込まない方がいい」

そう教えたはずなのに。きちんと伝えたはずなのに。いらないことをするから、余計に他人から恨まれてしまうのだ。

ブリキはやきもきした。

いつものように屋上で本を読んでいると扉《とびら》の開く音がして、ブリキは視線を向けた。今度ソラに会ったとき、告げ口したのは本当に二人なのか尋《たず》ねようと思っていた。

しかし入ってきたのはソラではなく、赤松《あかまつ》、斉藤《さいとう》、弓削《ゆげ》の三人だった。彼らは、生徒指導を受けた数名のうちの三人だった。どこの学校にもいそうな、群れることでしか自分の価値を高められないチンピラたち。見るからに不良くさい彼らは、ブリキの嫌いな人種でもあった。

「すげえいいじゃん、ここ」

三人はブリキに見向きもせず、屋上中央へとのしのし歩いた。

なぜこの場所を知っているんだ。ブリキは驚いた。屋上の存在を知っているのは、ブリキ本人とソラしかいないはずなのに。

弓削がブリキに話しかけた。

「あれ？　お前何してんの？」

「別に」

「お前もこの場所、吉岡から聞いたん？」

会話はそれだけだった。それから弓削は煙草《たばこ》に火をつけ、コンクリートの上に転がる二人の元へ歩いた。

ブリキは直感した。ソラが吉岡に言ったのだ。それがこの三人に漏《も》れてしまったのだろう。ここは秘密の場所だったのに。二人だけの居場所だったのに。

「つかマジ許せなくね。吉岡」

「一回、シメねえといけねえねえ」

三人は吉岡への悪意を口にしていた。告げ口されたのを恨んでいるのだろう。ブリキは本に視線を落としたまま、耳を立てる。

「いーじゃない？　ここに呼んじゃおうよ」

「どうせならよ、ハッちゃんとかみんな集めよーぜ」

「いつ？　いつにしやす？」

喫煙発覚の際、そのとき見つかったうちの数名は停学処分を食らっていた。〝ハッちゃん〟

とは停学中の生徒だろうとブリキは推測する。彼らは挙《こぞ》って吉岡《よしおか》に復讐《ふくしゅう》するつもりでいるのだ。

なんて醜《みにく》い奴《やつ》らなのだろうと眉《まゆ》をひそめる。それと同時に、吉岡の境遇に嫌気《いやけ》が差した。余計なことに首を突っ込み、ソラを巻き込んでいるのはあいつだ。

「明日にしよう」

ひとりが吐き出した言葉を、ブリキは確かに聞いた。彼はため息をつき、本を閉じる。明日はここに来られない。もしかしてこれからも、ここは自分の居場所ではなくなるのかもしれない。

帰路につく前に、一度教室へ戻った。意味はなかった。もしかしたらソラがいるかもしれない。何となく、そう思った。

彼女が屋上の存在を漏《も》らしたことを、責めるつもりはなかった。ただそのことで、自分がどれだけ落胆しているか、それを知ってほしかった。

教室に、ソラはいた。いつもの笑顔で、友達と話していた。何かで使うのであろう、プリントを皆で束《たば》ねているらしい。ブリキは教室の入り口でその様子を眺めた。

ソラと目が合う。彼女は親しい者に向ける笑顔をブリキに見せた。ブリキはいつものように、視線を逸《そ》らした。

「話があるんだ」と、声には出さず手で示す。

ブリキとソラが二人っきりで話すのは、屋上以外では珍しいことだった。まるでこれから愛の告白でもするかのように、ブリキは緊張していた。

夕焼けの照らす校内に二つの足音が静かに響く。

「どうしたの？」

後ろを歩きながら、ソラは尋《たず》ねた。いつにも増してぶっきらぼうな彼の様子に首をかしげる。

ブリキは何を言っていいのかわからなかった。つい呼び出してしまったけれど、自分が何を言いたかったのかわからない。

「……本、まだ読んでいないんだ」

踵《きびす》を返し、口をついて出たのは、どうでもいい話題だ。

「もう少しで読み終わるん……だが」

ソラは笑った。

「いいよ。あげるよ、それ。私もう読んだから大丈夫」

それは彼女の優しさだったのだろう。しかしブリキには、自分が突き放されたように思えたのだ。「それはいらないから。返さなくていいから、もう私に話しかけないで」と。

そうだ、彼女には関係ないのだ。

ソラは屋上に顔を出すことは少なくなった。彼女にはもう吉岡がいるから、屋上がどうなってしまっても関係ない。

何をしているんだ俺は。ブリキは自分を恥じた。「俺は彼女にとって何の関係もないのに」と。「俺はソラに何を言ってほしかったんだ」と。

面倒くさい。じっとりと、息を潜《ひそ》めていた醜悪《しゅうあく》な猜疑《さいぎ》心が、ブリキの胸中に再び首をもたげた。

ソラと向き合う。彼女の純粋な瞳《ひとみ》は、ブリキを見つめていた。差し込む夕日が、彼女の横顔を照らしていた。

「天体観測。しよう」

ソラの笑顔を真《ま》っ直《す》ぐに見つめて、ブリキは静かに微笑《ほほえ》んだ。

「俺はこれから屋上、行けなくなるかもしれない。だからその前に」

明日の夜。屋上で、待ってるから。

×　×　×

寒空の下《もと》、殴《なぐ》られた吉岡《よしおか》はコンクリートの上に転がった。赤松《あかまつ》、斉藤《さいとう》、弓削《ゆげ》を含んだ六人はニヤニヤと嫌らしい笑みを浮かべ、吉岡を囲んでいた。それぞれがお互いの力を見せ合うように、吉岡へ暴力を振るっていた。

「告げ口なんて、濡《ぬ》れ衣《ぎぬ》です。僕たちがそんなことする理由なんて、ないじゃない……?」

「どうだかな！」

屋上の中央で丸くなる吉岡の言葉は、彼らに届かない。

彼らの暴力に理由なんて必要ないのかもしれない。強者が弱者に振るう暴力に理由なんて。

「くだらない」

マフラーを巻いたブリキは胸中に呟《つぶや》く。彼は屋上出入り口扉《とびら》のある建物の上部に座り、隠れて様子を眺めていた。屋上よりもう一段高い位置。屋上全体を見下ろせる位置だ。

秋の空に日は落ちて、辺りは暗くなっていた。吐いた息が夜空へ溶けていく。

三日月がぼんやり浮かび、星は小さく輝いていた。天体観測にはよい天気だ。北の空を見上げればWを描くカシオペア座を臨むこともできただろうけど、ブリキはそうしなかった。望遠鏡を持ってきてはいない。ブリキには、天体観測をするつもりなんて始めからなかった。

その足元でギィ、と扉の開く音が鳴り、約束の時間よりも少し早く、ソラはやって来た。屋上の中央にうずくまる吉岡を見つけ、駆け出す。

「吉岡くん……!?」

そんなソラのリュックサックを弓削が摑《つか》み、彼女を吉岡から引き剝《は》がした。大きく膨《ふく》らんだリュックから、お菓子や水筒が散らばった。

男たちは口々に二人を罵《ののし》る。汚い言葉を、二人に吐きかけた。ここは閉鎖空間で、彼らを止める者は誰もいない。

ブリキはただ眺めていた。一段上から、屋上の様子をまるで別世界の出来事のように、観察していた。

「こんなことして、どうなるかわかってんの」

呟《せ》き込む吉岡《よしおか》を支え、ソラは辺りを取り囲む男たちを睨《にら》みつける。

「何？　どうなんすかあ？」

「今度こそ退学！」

「チクるのはお得意様ってかー」

「おおコワ。じゃあどうせ退学ならさ、俺らもうビビるものなくね？」

下卑《げび》た笑い声が、ブリキとソラの屋上を包んだ。

その様子を見ても、ブリキの心は冷静だった。目の前で起こっていることは、自分にとっては無関係なのだ。口の端が歪《いびつ》に歪《ゆが》む。

だから言ったろう。余計なことに首を突っ込むからそういう目に遭《あ》うんだ。吉岡なんかに構うから災難に巻き込まれてしまう。自分が悪いんだろう、ソラ。

彼女は恐怖に怯《おび》えていた。その表情を見て、ブリキは満足した。

こんなものだ。世界など。人間など。信じるほうがバカ。心を許したほうがバカ。ソラはバカだ。救いようがない。

屋上の隅に、ソラは追い込まれた。そんな彼女の腕を、〝群れ〟から伸びた手が摑《つか》む。

瞬間、ブリキはふいに悪寒《おかん》を覚えた。

「放してっ！」

ソラの声が響いた。群がる男たちの陰に隠れて、彼女の姿は見えなくなる。

「……待て」

一抹《いちまつ》の不安が、脳裏をよぎる。与えられた状況において、最悪の展開は安易に想像できた。

無意識のうちに、屋上へ降り立つ。

「待て……おい……」

突然現れたブリキの姿に、男たちの何人かは驚き視線を移した。

西側の屋上隅に固まる男たちの背中。その向こうからは、過剰に抵抗するソラの声。その声は怯えていた。彼女は、泣いていた。

――放してよ……！

極度の緊張が、ブリキの周りのものすべてをスローモーションにした。

気がつけば走っていた。何かを叫ぶ吉岡。うまく動かない自分の体。男のひとりとぶつかりよろける。崩れたバランスを踏ん張って立て直し、足は前へ走り続ける。

手を伸ばし、男たちを掻《か》き分けて見えた、ソラの姿。

その当時の屋上に、金網は設置されていない。

膝丈《ひざたけ》くらいの縁取《ふちど》りが、空中との境界線だった。

背中から空中へ投げ出されたソラと、目が合ったような気がした。咄嗟《とっさ》にブリキは腕を伸ばした。ソラの腕を摑《つか》もうとした。

ソラの表情を、ブリキは見つめていた。けれど、手は届かなかった。見放してしまった彼女の手を、ブリキが握れるはずもなかった。

ソラは眼下へ落ちていく。彼女の瞳《ひとみ》がブリキを見つめ、すると、ふと表情が柔らかくなったのを、ブリキは見た。苦手だったその表情。だから少しずつ、心を開いた。少しずつ、変わっていたはずだった。真《ま》っ直《す》ぐな感情を受け止められる、そんな自分になりたいと願っていたはずだった。

ただ、護《まも》りたかったんだ。

決して嫌いではなかった、その笑顔を。

その刹那《せつな》にブリキは願った。この子は失いたくない。この子の笑顔だけは失いたくない。けれど次の瞬間、そんな感情を抱《いだ》くことすらおこがましい自分の存在に気づく。彼女の笑顔を壊したのは、彼女の泣き顔を見たいと望んだのは、自分だった。

ドス、と残酷な音を聞いて、その瞬間からブリキの時は止まった。

ソラに知ってほしかった。人間は思っている以上に歪《ゆが》んでいる。もっと警戒すべきだ。人間以上に、醜《みにく》い存在はいないのだから。

ブリキは泣いた。

「……そうか。この世界で一番醜《みにく》いのは、俺だ。俺自身だ」

まるで笑う魔女の口のように、西の空には三日月が浮かんでいた。

彼は声を上げて、泣き続けた。

×××

「ちょっと待ってよ！」

私は声を荒らげた。一年前なら私も在学している。でも同じ学年内でそんな大事件が起こっていたなんて知らなかった。

そんな私にブリキは言う。

「なら『夜の学校にて不良生徒が騒いで怪我《けが》をし、入院した』ってのは？」

それなら聞いたことがある。でも全校集会で、校長が「気をつけましょう」と言っただけだったような気がする。その場所が屋上で、しかもここから転落しての事故だったなんて。

「ソラは死んでいない。そこに大きな木が立ってるだろう。それがクッションになったんだ。今はどこかの病院で意識不明のまま眠っている。回復の見込みは少ないらしい」

「そんな……私知らなかった……同じ学校にいたのに……！」

「まあ、そんないい加減な学校だからこそ、俺らは事故現場であるこの場所に今も簡単に出入りできてるんだがな。あの事件のあとは金網を設置し、立ち入り禁止を強調した。それだけだ。生徒を舐《な》めてる。だから俺があいつらを殺す」

　ブリキは『オズの魔法使い』を鞄《かばん》にしまう。それから垂《た》れたマフラーを巻き直して、小さく肩を竦《すく》めた。

「焼却炉《しょうきゃくろ》での決闘騒ぎも、生物室の窓ガラスが割られたときも、張本人は何のお咎《とが》めもなしだったのを覚えているだろう。この学校の教師たちには、隠蔽《いんぺい》体質が染《し》みついているんだ。あらゆる事件を本当なら〝なかったこと〟にしたいんだ」

「でも、学校が黙ってるとしても……ご両親は？」

「ソラに親はいない。あいつは養護施設から学校に通っていた」

「養護施設……」

「ソラはいなくなり、赤松《あかまつ》らは数週間の停学を経て進級した。春が来て暖かくなった頃。俺はまた屋上へ上った」

　ブリキは、毎日は空虚だと言った。自分の醜《みにく》さを知った今、のうのうと生きている自分という存在が許せないんだと。

　彼は再び本を読む生活を始めた。しかしそれは決まって同じ本。ソラがくれた『オズの魔法使い』だった。

「だが先が読めない。あるページまで来ると、捲《めく》るのが怖くなる。西の魔女をやっつけて、さあいざ、かの願いを叶《かな》えてくれるという大魔法使いの元へ帰ろうというところだ。〝ブリキ〟は心を手に入れるんだろう？　俺に、この本を読む資格があるのか。ソラは、読むことを許してくれるのか」

ブリキは笑わなくなった。笑うという行為に、違和さえ感じるのだと言った。

「それから、ひとりの生徒がこの場所に来た。彼女は、ソラの妹だった」

「ソラさんの……妹さん？　体が弱いっていう……？」

ブリキはゆっくりと頷《うなず》く。

「ソラはよく喋《しゃべ》る奴《やつ》だったが、そいつは逆にあまり喋らなかった。『俺を恨んでいるか』と訊《き》いてみたが、ただ首を横に振るばかりだった」

大きく息を吐くブリキは、何だか辛《つら》そうに見えた。

「そいつは自分が嫌いなんだと言った。奇遇だ。俺も自分が嫌いなんだと答えた。ソラは妹に言ったそうだ。『屋上へ行けば嫌なことも全部忘れられる。辛いことがあったり、悩んだりしたとき、私は屋上へ上るの』。だがその屋上からソラは転落した。自分も飛び降りたいと、そいつは泣いた。この苦しい毎日を終わらせたいと、強くなりたいと。誰かに頼ってばかりの、弱い自分を殺したいのだと」

「それってまるで……」

「それが、カカシだ」

「……うそ」

思わず正面のカカシを見た。教科書を放り投げて大の字で寝転がるライオンの腹を枕《まくら》にして、カカシもすやすやと眠っていた。

空はいつの間にか日が沈みかけ、カカシの好きな茜《あかね》空に染まっていた。

ブリキは続ける。

「鈴原《すずはら》家は母子家庭だったそうだ。だが何か事情があったんだろうが、母親は二人の姉妹を捨てた。そして慕っていた姉さえも、ふいに失ってしまった。あいつは強くならなくてはいけなかった。誰にも頼らない、誰も好きにならない。あいつは、そうじゃないと生きていけないと思っていたんだ」

カカシは孤独を恐れていた。どんな幸せも、その幸せが突然消えてしまう恐怖を知っていたから、強くなろうと、決意していた。

なのに木枝《きえだ》を、頼ってしまった。

それを私は、終わらせたんだ。

カカシの抱えているものを知り、あらためて強く願う。幸せになってほしい。

大丈夫、私はカカシの支えとなれる。

「あいつが自分を殺したいというのを聞いて、そのとき俺も死のうと思った。ここで夜を迎えるたびに思い出していた。この空に星が浮かぶたび、ソラを強く想《おも》う。それは苦しい毎日だった。だが苦しんでいたのは俺だけじゃなかった。吉岡《よしおか》もひとり、その金網を登った」

「ソラさんの、彼氏……」

「そう。あそこで寝ている、あの男だ」

ブリキはあごで、ライオンを示した。

「えええ⁉　吉岡って、ライオンなの？」

「赤松《あかまつ》たちのことも、お前は知っている。赤いサル顔の男。わかるだろ？」

ライオンと決闘した、あの赤ザル……？

「吉岡もソラを巻き込んだことを悔いていた。あの金網を挟んで、俺たちは初めて向かい合った」

私がかつてよじ登った金網だ。ソラの事件によって急遽《きゅうきょ》設置された金網。

「ソラと吉岡は元々集団から孤立していた。そんな中、ひとりが転落事故を起こしたんだ。ソラがいなくなって、さまざまな噂《うわさ》が流れた。『いかがわしい行為を見つかって飛び降りた』だとか、『吉岡が自殺へと追いやった』だとか、もっと酷《ひど》いのもある」

夜遅くに、舞台は立ち入り禁止であるはずの屋上。そして男女絡《から》んでの転落事故。話題としては膨《ふく》らみやすいのかもしれない。

「吉岡は、ソラはそんなことしないと声を荒らげた。でも誰も聞き入れない。それどころか益々《ますます》吉岡を気味悪がり、避けるようになった。だがあいつを護《まも》る者はもういない」

ライオンは自分を責めたんだ。そして、すべて終わりにしようとした。

「金網を挟んで向かい合って、俺はあいつに言った。あの夜、ソラを屋上へ呼んだのは俺だと。俺を殺したいかと。あいつは頷《うなず》いたが、それすらもうどうでもいいんだと、そう答えて笑った。俺は怒った。なんで笑っていられるんだって。どうせ死ぬなら、ソラの仇《かたき》を討ってから死ねってな」

ブリキとライオンの目的はひとつになった。彼らはお互いを許せず、自分を許せず、そしてソラを巻き込んだすべてのものに憎しみを抱《いだ》いていた。

じゃあ赤ザルと決闘したあのときも、ライオンは私が思っていた以上のものを抱えて戦ってたんだ。

――一発だけでも、殴《なぐ》ってやる。

そう言ってライオンは拳《こぶし》を握った。彼は自分のためだけじゃなくきっと、ソラさんのために変わろうとしていたんだ。

「あいつの復讐《ふくしゅう》相手ってのは、俺だ」

「……そんな……」

「ソラを突き落とした赤松らを俺が殺す。その俺を殺してから、吉岡は死ぬ。あのとき、この場所で、そう約束した」

ブリキは鞄《かばん》を持って立ち上がる。

「わかっただろう。これは俺たちの問題なんだ。お前の関与できる隙間《すきま》なんてどこにもない。お前は黙って見ていろ。それが嫌ならもう来るな。お前の想像以上に汚《けが》れているんだ。この屋上も、俺たちも」

彼は最後にそう言って、にっこりと笑った。作り物の笑顔。嘘《うそ》つきスマイル。そして私を置いて、屋上から出て行ってしまった。

ライオンやカカシはまだ眠っていたので、私は膝《ひざ》を抱えて、ブリキに教えてもらったソラさんのことを考えた。そして彼女を取り巻く三人のことを。

この場所で、ソラさんは泣いたり怒ったり、笑ったりしたんだ。そしてもう、ここにはいない。不思議な気分。彼女はいない。けれど彼女と関わる三人はここにいて、三人は確実に彼女の存在を感じている。「ソラと会えてよかった」「ソラがいてくれてよかった」ブリキはそう思えないのだろうか。

考えて悲しくなる。「会えてよかった」だなんて。そう考えることすら、ブリキは罪だと感じているんだ。自分と関わらなければ。無関係でいられたなら。そんなことを、きっと思っている。

あの夜流した涙は、ブリキのすべてを錆《さ》びつかせてしまった。ブリキの時間は止まってしまったんだ。許してくれる人を失って、本のページが捲《めく》れないんだ。

ブリキは後悔し続ける。

もういないソラさんに対して、できることは何もなかった。

過去がもう変えられないというのなら、せめて、二人が出会ったこの場所を。

二人で過ごしたあの時間を。

出会ってしまった事実を。

ここで生まれた言葉も、感情も、彼女を想《おも》って流した涙も全部。愚かな自分と一緒に、焼き尽くしてしまおうと決めた。

せめて自分の手で、消し去ってしまおうと決めた。

こうして彼は、屋上を燃やすことにした。


見上げると夜空が広がっていた。ブリキがソラさんと見たかった星空。私が彼岸花《ひがん》に悲しい思い出を見たように、ブリキもまた、この星空を見上げるたびに泣いていたのだろうか。

でも私は知っている。みんな、本当はこの空が大好きなんだ。

×　×　×

一週間が過ぎ、ポリタンクの数は十五個になった。これで目標の数に到達したと、ライオンが教えてくれた。

中には灯油が入っている。ブリキはこの液体を屋上中に撒《ま》き散らすつもりらしい。もちろん灯油だけでは燃えないので、芯《しん》となる布を屋上に敷き詰める。それが、ブリキが黙々と縫《ぬ》い合わせていた布の正体だった。

ソラさんを失った屋上で、ブリキは復讐《ふくしゅう》しようとしていた。ソラさんを落とした連中を、一斉《いっせい》に焼き殺そうとしていた。物騒《ぶっそう》な話。現実味がなくてため息が出る。

「――ソラとは、帰り道が一緒だったんだ。オレの家とさ、ソラやカカシのいた施設はすごく近いんだよ」

座ったまま金網に背をもたれて、ライオンは雲の泳ぐ青空を見上げていた。

「毎朝、ソラと一緒に登校したくてさ、オレは自転車を置いて、偶然を装ってソラの前に飛び出してた。それはものすごい勇気だったんだよ？　わかる？」

「わかるよ。恋してたんだね、ライオン」

私もライオンのそばに並んで座った。カシャン、と金網が鳴る。彼にカカシの相談をした、いつかのように。

「オレはそれだけのために、学校へ通ってたんだ。オレは、クラスにうまく馴染《なじ》めてなくて。でもソラは、そんなオレとも対等に話してくれた」

思い出を懐《なつ》かしむライオンの顔は穏やかだった。はにかんで、にやけるその表情は幸せに満ちていて、見ているこっちも温かくなる。

「オレの家と施設の中間くらいにある公園にさ、汽車をくり貫《ぬ》いたような遊具があって、あの頃、その汽車の中がオレの居場所だった」

二人の物語を、ライオンは話してくれた。

「ある夜、家での居心地が悪くなったオレは、いつもみたいに汽車の中へ逃げ込もうとした。何も珍しくない、オレにとっては日常茶飯事《さはんじ》のこと。けど汽車の中にはいつもと違う、先客がいた。ソラが、泣いていたんだ」

ソラさんはどうしようとライオンにすがった。聞けば妹とケンカして、その妹が夜も遅いのに飛び出してしまったんだと言う。つまり、カカシが。

「いつも完璧《かんぺき》な笑顔を見せてたソラがさ、酷《ひど》く動揺して震えてたんだ。どこ捜しても見つからないって。顔くしゃくしゃにして泣くんだよ。カカシは当時体が弱かったからね。オレはそのとき初めて、誰かのために何かしてやりたいって衝動に駆られた。この身が千切《ちぎ》れたっていい。ソラの笑顔を取り戻さなきゃ、って」

ライオンとソラさんは何時間も走り回り、駅前のファミリーレストランでカカシを見つけたときには、日付を跨《また》いでいたそうだ。

「カカシもカカシで、ハンバーグ代が支払えなくて店内でどうしようもなく、震えてた」

思わず笑ってしまった。何やってんだ、あの子。

「それからときどき、ソラはあのときのお礼って、汽車に弁当持ってきてくれるようになった。ソラはお人好《よ》しだったからね、オレの生活を心配してくれてた。カカシはそれが気に入らなかったみたいで、定期的に逃げるんだ。そのたびにオレたちは走り回る。だいたいファミレスにいるんだけどね」

逆効果だよカカシ。その行動は二人をより親密なものにしてしまったじゃないか。

「……ブリキのことも、知ってたよ。一年のときは同じクラスだったから」

ここで、ブリキの名前が出た。

「週に何回か、ソラは『ごめんね』と言ってどこかへ行ってしまう。気にならないわけがない。でも、どこへ行くのか尋《たず》ねても、ソラは困ったように笑うだけ。あの子もドロシーと同じで、嘘《うそ》が下手だった」

ライオンはもう、笑ってはいない。悲しそうにうつむいて、目を伏せた。ずっと、後悔しているんだ。ライオンの弱さも、あんな結果を生んだひとつの要因となっているのだろうから。

「オレは、ソラに護《まも》ってもらってた。君は優しすぎるって、言うんだ。優しすぎるのはソラの方なのに」

ライオンとソラさん。笑顔の似合う二人はきっと、どっちも優しいんだと思う。

一呼吸おいて、ライオンは顔を上げる。

「……ブリキの話は本当だよ。オレの復讐《ふくしゅう》する相手はブリキだった。復讐を遂げたブリキに今度はオレが復讐して、それからオレも死ぬつもりだったんだ。でもブリキに言われた。お前は死ぬなってさ。ソラの目が覚めるまで生き続けろって。それがお前の償《つぐな》いだって。ドロシーがここに来てからだよ。ブリキも変わってきてはいるんだと思う」

「……生き続けることが償い？　そんなこと、あいつ自身にも言えるじゃん。なんで死ぬ必要があるのさ」

「そうだよね」

そよ風がライオンの金髪を揺らしていた。昼下がりの陽気に暖められ、屋上はぽかぽかと暖かい。

「ライオンは、まだブリキを恨んでいる？」

「恨んでないよ。たぶん始めっから恨んじゃいない。人を憎むのって、苦手なんだ」

「じゃあどうして許してあげないの？　死ななくてもいいよって、言ってあげなよ」

「言ったよ。オレたちは死ぬ必要なんてないんじゃないのかって。でもブリキは、どうしても自分が許せないんだってさ。だから決行日を去年のあの日と同じ日付にしたんだ。ブリキは、あの日の自分が憎くて憎くてしょうがないんだよ」

「そのために暇《ひま》さえあれば裁縫《さいほう》して、土日にこつこつバイトして、そのお金で灯油を買って、目立たないように分割して運んだりなんかして。自分が死ぬために？　あいつの毎日の楽しみはそんなことだったの？　それってすごく暗い。陰湿だよ」

私は膝《ひざ》を抱えて体育座りをした。何だかイライラする。あの陰険眼鏡《めがね》のせいだ。

「そんなことしてソラさんは喜ぶの？」

「確実に喜ばない。ソラは、むしろ怒るよ」

「でしょう？　あいつは二度もソラさんを泣かせようとしているんだ。ライオンもだよ」

ライオンは困ったように頭を掻《か》いた。

「ブリキを許せるのはもうブリキ自身しかいない。ソラは眠ったままだからね。何らかの形で決着をつけないと、ブリキはきっと今にも壊れてしまう」

そう言ってライオンは悲しい笑顔を見せた。

「……もう、壊れてしまっているのかも。ブリキも、オレもさ」

この一週間、ブリキの考え方を変えられないものかと悩んではみたけれど、やっぱりわからなかった。

私は部外者で無関係だ。だから放っとくのが一番。そうかもしれないけれど、でも嫌なものは、嫌だ。


屋上の西側には、大きな樹木が一本立っている。ソラさんが落ちたという大木。枯れ枝の伸びるこの木がソラさんの受ける衝撃を和《やわ》らげてくれたおかげで、彼女は死なずにすんだ。

下から見上げてみると、たくさんの枝が横に広がるように伸びていた。梢《こずえ》越しに屋上の縁《ふち》を見上げて、あそこから落ちたのかと思うとぞっとする。

足元には大きめの石がゴロゴロと散らばっていた。この木にだけ集まるように不自然に。

そばに立つカカシが教えてくれた。

「ここは一年前花壇が並んでいて、腐葉土《ふようど》だったんだって。その上に落ち葉が散っていたの。ちょっと前まで名残があったんだけどね。ブリキがホウキで掃《は》いて土を固めて、そこに大きな石を撒《ま》いたの。もしこの木を伝って逃げようとする人がいても、確実に殺せるようにするためなんだって」

確実に殺せるように？　やめてよ。

石を蹴《け》り飛ばした。石、というよりも岩と呼べるものさえある。

「カカシは、ブリキのやっていることに賛成なの？」

「ブリキには死んでほしくない。でもソラを突き落とした人たちは、許せないよ」

カカシはお姉ちゃんを「ソラ」と名前で呼ぶ。年の近い二人は母親に見放されても、きっと助け合って生きてきたんだろう。そんな大切な人を奪われたのだから、許してあげてなんて簡単には言えない。

「……カカシも一緒に死ぬつもりだったの？」

「うん。どうせ死ぬんなら、ソラの仇討《あだう》ちをしてからにしようと思ってた。もちろん今は違うけどね」

澄んだ瞳《ひとみ》で私を見上げ、カカシは寂しそうに微笑《ほほえ》んだ。

樹木の周りをうろちょろと観察していると、ブリキが両手に石を持ってやって来た。その石を無造作に木の根元へ放り投げる。

「何してるんだ。お前」

「それこっちの台詞《せりふ》よね。何してんの？　何だか幼稚」

先に質問をしたのはそっちのくせに、ブリキは私を無視する。

「堂々と戦えばいいのにさ。卑怯《ひきよう》だよ。そりゃソラさんも愛想《あいそ》つかすよね」

踵《きびす》を返し、歩いて行くその後ろ姿に、私は叫んだ。

「怒らないの？　君、今バカにされてんだよ」

「……」

「バカじゃないの？　全部燃やしてしまうつもり？　自分の居場所も。ソラさんの居場所も。全部燃やせば終われるの？　どんな思考してんのさ。キモ」

足を止めたブリキは、ようやくこちらを振り向いた。

「居場所？　そんなもの。一年も前に自分の手で壊してしまった。これでいいんだ」

「いいわけないでしょ！　死んでもいい人間なんて、きっといない」

ブリキは黙ったまま歩みより、私の目前に立つ。

「いいか、この世に死んだ方がいい人間はいる、確実にな。どんな酷《ひど》いことをしても笑っていられる、そんなクズはたくさんいるんだ」

「そんなには、いないよ……たぶん」

私は圧倒された。ブリキの威圧感が、いつにも増して強くなっているように感じた。すべてを嫌い、呪《のろ》い、傷つけてしまう禍々《まがまが》しい気配。

「この間、校庭の片隅で大きなカエルを見つけた。拳《こぶし》くらいの大きなカエルだ。だが俺はそれがカエルだとは気づかなかった。なぜだかわかるか」

「……？」

一呼吸、間《ま》を置いて彼は続けた。突然何を言い出すんだと、私は眉《まゆ》を歪《ゆが》める。

「そのカエルは、皮がなかった。そいつは剝《む》き出しの白い筋肉を自らの血で染めて、それでもドクンドクンと呼吸をしていた。俺は最初、心臓が落ちているのかと驚いた」

「……」

「信じられるか。人はなんでそんな残酷なことができる？　なぜそんな非人道的な行為に及べるんだ。ある日、同じくらいの大きさのカエルを見つけて、俺もやってみた。そうしたら、できたんだよ。そのとき気づいた。ああそうかあのとき、校庭の隅に落ちてたのは、俺の心臓だったんだって」

バチン、と音が鳴って。気がつくと私はブリキの頰《ほお》を手のひらで殴《なぐ》っていた。

ブリキは力なく笑った。

「……冗談さ」

「笑えないんですけど」

彼は再び背中を見せる。私はやきもきした。

「そうやって勝手に病《や》んでればいい。私も勝手に君の邪魔をするわ。悔《くや》しかったら邪魔する私の邪魔をしてみなさいよ」

「ソラに似てるなんて前言撤回《ぜんげんてっかい》。お前はソラよりもバカだ」

「バカでもいいもん。私やソラさんはちゃんと生きてる。生きてる方が勝ちだ」

「死のうとしていたくせに」

「生きてる限りご都合主義なの！　悪い？」

私の疑問符には答えず、ブリキは去って行った。

心の底から、可愛《かわい》くない奴《やつ》だと思った。イライラする。

「カカシ、ブリキの木こりは心臓までブリキでできてるんだっけ」

「ブリキに心臓は元から無いよ。心臓のあるはずの場所は、がらんどうな空間が空《あ》いているだけ」

「……なるほどね」

彼を殴《なぐ》った右手が、じんじんと痺《しび》れていた。

×　×　×

ポリタンクの中の灯油を捨ててしまおうと考えた。妨害のためには、とりあえずはそれが一番手っ取り早い。

しかし屋上の鍵《かぎ》は閉まっていた。くそう、先回りされたか。

階段に座り込む私に、そばに立つカカシが提案する。

「当日に先生か警察を呼べば？」

「うーん……。それじゃあ意味がない気がするんだよね。あいつはそれで復讐《ふくしゅう》を諦《あきら》めようなんて思わないでしょ？　それにあいつ、逮捕されちゃう」

「逮捕……」

「復讐しようとして逮捕って、何か最悪の展開じゃない？」

馴染《なじ》みのない単語に苦笑いがこぼれる。ブリキには、少年Aというテロップがよく似合いそうだ。

「カカシは私の味方だよね」

「あたしはもうずっと前からブリキの仲間だもん。だからドロシーの味方にはなれない」

「何よそれ。じゃあスパイ？」

「そう。あたしスパイ」

　カカシは顔の横まで両手を上げて、ピースの形にした指をチョキチョキと動かしてみせた。それではスパイというより、どっかの宇宙人だ。

　ため息をつく。この子は当てにならない。あの様子じゃ、きっとライオンも助けてはくれない。今回は最悪、三対一だ。

　今日は十一月二日。ブリキが死ぬ予定の明日まで、屋上への扉《とびら》が開くことはないだろう。

　──俺はあの日の俺を殺したいんだ。

　星空を見上げて、ブリキは言った。バカげてる。過去の自分を殺したいなら、生きるしかないというのに。

×　×　×

　赤松《あかまつ》、斉藤《さいとう》、弓削《ゆげ》たち六人を屋上へ呼び出すのはライオンの役目だった。その日、私は朝から落ち着かず、休み時間になるたびライオンのクラスへ行ってみた。けれど彼の姿はどこにも見えない。

　廊下で思わぬ人物に声をかけられた。

「加奈《かな》？　どうしたの？　血相《けっそう》変えて」

「アメくん！　……あ、あの。吉岡《よしおか》って人、知ってる？」

アメくんは少し考えて、ぽんと両手を合わせる。

「ああ、あの金髪の？　有名だよね、彼」

「今日見た？」

「いや、今日は見てないな」

「じゃあ、赤松、斉藤、弓削って人たちは？」

「バスケ部の弓削ならウチのクラスにいるけど」

「今いる？」

「そういや弓削もいない。学校来てんのかな。なんで？　知り合い？」

アメくんと話すのは随分《ずいぶん》久しぶりで緊張したけれど、今の私にドキドキしている余裕はない。何しろ今夜、屋上が炎上してしまうかもしれないのだ。

「そっか。じゃあいいの、何でもない。じゃね」

時間が惜しい。でも何をすればいいのかわからない。誰にも相談できない。小夏《こなつ》が「顔色悪いぞ？」と心配してくれたけれど、「何でもない」と答えるしかなかった。

放課後、屋上にはブリキとカカシがいた。二人はポリタンクを運び、コンクリートに敷き詰めた布の上に灯油を撒《ま》き散らす準備をしていた。広い屋上に点々と、赤いポリタンクが置かれている。

異様な光景に私は顔をしかめたが、冷静を装って中央を堂々と横切った。

「着々と準備は進んでるってわけね」

一面に敷き詰められた布を踏んで歩いた。

真《ま》っ直《す》ぐ歩いて、金網へたどりつく。辺りが炎に包まれ、出口を求めて走った先に道はない。追い詰められた者は、例えばこの金網を越えるのだろうか。一年前の事件を思い出し、少しでも助かる確率を上げようと、西側の樹木へと飛び移ろうとするのだろうか。

どうやって邪魔してやろう……。金網越しに見える景色を眺めながら考えた。空は灰色の雲に覆《おお》われてる。あんなに大嫌いだった雨だけど、今日だけは降ってほしいと願う。

大量の逆テルテル坊主でも作ろうかと迷っていると、運動場に見覚えのある顔を見つけた。ライオンと決闘をした丸刈りのサル男、あいつが、〝赤松《あかまつ》〟だ。

そうだ、ターゲットを屋上に来させなければいい。

私は急いで階段を下った。

「吉岡《よしおか》くんから何か聞いてる？」

正面の校門前にて。赤松は訝《いぶか》しげに眉《まゆ》を歪《ゆが》めた。

「あ？」

その隣には猫背のオオカミ男と、鼻がくちばしみたいに尖《とが》ったカラス男。彼らのどちらかが〝斉藤《さいとう》〟で、〝弓削《ゆげ》〟なんだろう。どっちがどっちでも、どうでもいいけどね。

「吉岡くんから連絡来たかって訊《き》いてんの」

「ああ。鈴原《すずはら》のことで話があるってやつ？　行くわけねえだろ。俺ら関係ねえじゃん」

赤松はサル顔を歪ませ、ニタニタと笑ってみせる。次に口を開いたのはオオカミ男だった。

小柄な彼は胸の前で腕を組んで丸くなっている。何だこいつは。寒いのか。

「来ねぇとあの夜のことをばらすとか言ってやせんっした？　吉岡っち」

「ばらすって何を？　あの女勝手に落ちたんじゃねえの？」

三人は笑った。まるで楽しかった思い出話に花を咲かせるように。一年前の、ブリキやソラの人生を変えたと言っても過言ではないあの出来事は、彼らにとっては数ある武勇伝のひとつに過ぎないのかもしれない。聞きしに勝《まさ》る外道《げどう》っぷりだ。

「……絶対に行かないでよ。あんたたち殺される」

「はあ？　誰に？　吉岡に？」

面白いことなど言ってないのに、三人は手を叩《たた》いてはしゃいだ。

「あいつ何、裏でそんなこと言ってんの？」

「お前が待ってるなら俺行きたいんですけど？」

「イヤやめた方がいいっしょ。女あ、すぐ飛び降りるんすもん」

ウキキキ、カーカー、ワオーンワンワン。彼らは声を上げて笑った。

何が可笑《おか》しいんだ。ムカつく。むかつくむかつくむかつく！

「やっぱり絶対来いっ」

話をするのも嫌になって、私はもと来た道を早歩きで帰った。悔《くや》しくて、久しぶりに涙が込み上げてくるのを感じた。

ああもう私は！　何がしたいんだ。


日も沈みきった深夜。校内は静寂《せいじゃく》に包まれていた。電気の消えた校舎はどことなく不気味。でも明かりをつけることはできない。私たちの秘密基地である屋上のある棟《とう》は、警備員室からは正反対の場所に位置する。だからといってこの校舎に、いるのかもわからない警備員さんがパトロールに来ないとは限らない。

私は屋上に最も近い女子トイレ、ライオンの頭を洗ったあのトイレでホースを蛇口に押しつけていた。日中、中庭の花壇のそばで見つけたドラム式の長いホース。工具室からドライバーセットまで借りて取り外したのだ。これなら屋上まで届くかもしれない。

しかし焦りからか、なかなかホースは蛇口にはまってくれない。急がないと、今にも屋上が燃えてしまうかもしれないのに。

先ほど、ホースを抱えて暗い廊下をひたひたと走っているとき、赤松《あかまつ》たち六人が屋上へ向かう姿を見かけた。ライオンも一緒だった。結局みんな集まってしまっていたのだ。ブリキの思惑は計画通りに進んでいた。時間がない。

ホースの口を何とか差し込み、蛇口を思いっきり捻《ひね》ってみる。大丈夫だ。ノズルのグリップを握って水を出してみた。ジェット噴射された水道水が思いっきりトイレのタイルに叩《たた》きつけられた。

なんて頼もしいんだ。

安心したのも束《つか》の間《ま》、蛇口に取りつけていたホースが外れ、水が噴水のように暴れ出す。

「うきゃあああ！」

びしょ濡《ぬ》れのまま地団駄《じだんだ》を踏んだ。

焦ってばかりで事が進まない。グリップを握る手が、震えていることに気づいた。

ホースを伸ばしながら階段を上がる。折り返しの踊り場を曲がったとき、私を見下ろすようにカカシが立っていた。階段上のカカシは口先からキャンディーの棒を覗《のぞ》かせたまま、小さく首を横に振る。彼女らしくない困ったような表情は、邪魔をするなと言っているのだろう。でもそういうわけにはいかない。

意を決して階段を駆け上がり、無言のままカカシのそばを通り過ぎた。開いたままの黄色い扉《とびら》の内側から、屋上が見渡せた。大丈夫、まだ火の手は上がっていない。

一番手前にライオンの後ろ姿。一番遠くにブリキが立っていて、その彼と向かい合うように六人が固まっていた。

炎は上がってはいないけれど、事はもう始まっているようだ。辺りは緊迫した空気に包まれている。

「……へえ。じゃあお前らの毎日は楽しいのか」

ブリキの声は、出入り口付近に立つ私のところまで届いた。酷《ひど》く無感情な声だった。冷め切ったその声に、鳥肌が立つ。

「何言ってんのお前」

六人のうちの誰かが問う。ここからでは誰が言っているのかはわからない。けれど六人の中に、例の三人が含まれていることには気づけた。「行かない」とバカにしていたくせに。ふつふつと怒りが湧《わ》き上がる。でも、彼らを殺させるわけにはいかないんだ。

「……俺の言葉が、お前らに伝わるとは思ってない。お前らは人間じゃない」

ブリキはそのまま、落ち着いた調子で真《ま》っ直《す》ぐに歩いて来た。六人の間を突っ切る。しかし男のひとりに肩を摑《つか》まれ、足を止める。

「あ？　何お前、殺されたいわけ？」

男は私の知らない人だった。本当に殺してしまいそうな勢いで、ブリキを間近で睨《にら》みつける。

彼を一瞥《いちべつ》したブリキは、抵抗もせずに言い放った。

「俺は、楽しくないんだ。一年前のあの日から、すべてが黒く塗り潰《つぶ》されてる。頭の悪いお前らには何を言ってもわからないだろう。覚えているか。あの日、何があったのか」

赤松《あかまつ》がブリキの前髪を鷲摑《わしづか》みにした。

「わかんねえな。俺らバカだからな。おめえが教えてくれんのかい？」

「ソラが死んだ。ここから落とされて、殺された。お前らと俺に、殺されたんだよ。何か感じるものはあるか」

「はあ？　あいつ死んだの？」「いや、死んでねえっすって」

「俺たちを殺人犯にしたいんじゃない？　こいつ」

ブリキが囲まれ、その姿が見えなくなってしまう。

「おめえも死にてえの？」赤松の声が屋上に響く。「殺してやんよ」と。

「……死んだんだ。ソラは、もういない」

姿は見えないけれど、ブリキの声だけは聞こえる。弱々しく、小さくなる。

「あいつには夢があった。その想《おも》いを、俺たちは踏みにじって、殺したんだ」

「俺はもう死にたい」と、ブリキは続けた。

「ほかに方法が見つからないんだ。もうどうしたらいいのか、わからないんだ」

「知るかよ！　あいつは勝手に落ちたんだろうが。俺ら関係ねえし。逆恨《さかうら》みすんな。マジ死ねおめっ」

ブリキを囲んでいた陣形が動く。その隙間《すきま》から、赤松《あかまつ》が拳《こぶし》を振り上げるモーションが見えた。ブリキのマフラーがなびく。そしてすぐに、人影が二人の姿を隠してしまう。

途端、悲鳴が上がった。でもそれは、ブリキのものではなかった。腕を押さえ、後ろに下がったのは赤松。その手のひらから、赤い鮮血が。

私は声を失った。

彼らの向こうに見えたのは、ナイフを振り回すブリキの姿だった。

「クズが！　お前らに、ソラの気持ちがわかるか。あいつの夢や、あいつの想《おも》いがわかるか。クズが。死んでもいい。お前らも俺も、死ぬべきだ。もうあいつを……」

ブリキと目が合う。眼鏡《めがね》の奥に、鋭い意志があった。

「……苦しめてはいけない」

彼がポケットから取り出したのは、茶色のオイルライターだった。

今までじっと黙って見ていたライオンが突然振り返り、前に出ようとする私を押し戻した。

火がついたままのライターがガラクタの山へ放り投げられる。そこから炎が上がり、足元を這《は》うそれは、瞬《またた》く間に屋上中に燃え広がっていった。

熱が頬《ほお》に触れ、ゾクリと鳥肌が立つ。

私の目を見ながら、ブリキは笑った。

「ああ、やっと死ねる。俺は嬉《うれ》しいんだ。ずっと、ずっと死にたかった」

その姿は、大きな炎に呑《の》み込まれていった。

「ブリキ！」

「危ない！」

ライオンが私を押さえたまま、扉《とびら》を閉めた。逃げ道を防ぐため、出入り口付近にはよりたっぷりと灯油の染み込んだ布が敷かれているはずだった。扉が閉まると、ライオンはすぐに差しっぱなしの鍵《かぎ》を回す。

「どいて！　ライオン、どいてよ！」

彼は何も言わず、扉の前に立ち塞《ふさ》がった。

私はライオンの胸を力一杯叩《たた》く。

「ブリキが死んじゃう！　焼け死んじゃうよ！　私たちがあいつにしてあげられるのはこんなことじゃないでしょ！　どうしてわからないんだ。みんなバカだ！　大バカだ！」

ライオンは口を固く結び、何も言わなかった。何も言わず、ただ私に殴《なぐ》られ続けていた。

「ここはソラさんの帰る場所でしょ？　見たくない過去には火をつけて、そんなことで、ソラさんは許してくれるもんかあ！」

轟々《ごうごう》と、炎が風に揺れる音がする。その音に紛《まぎ》れて、扉の向こうから悲痛な叫びが聞こえ、私の体は動かなくなった。ライオンの後ろの扉が、ドンドンと叩《たた》かれる。響くのは、男たちの叫び声。耳を塞《ふさ》ぎたくなるような、残酷な悲鳴だった。

地獄だ。ブリキは、私たちの居場所を地獄に変えてしまった。

これがブリキの望みだというの？　私たちが過ごした毎日は、こんなもののためにあったというの？　そんなはずはない。私たちは変わっていた。少しずつだけど、変わっていたはずなのに！

黄色い扉《とびら》の手前は、畳《たたみ》にして三畳《じょう》ほどの小さな踊り場になっている。ガラクタが所狭しと山積みになっている。空気の抜けたボールや何かの骨組みなど、この小さなスペースは倉庫代わりに使われていた。

そこに立つロッカーの奥に、揺れる炎が見えた。窓だ。あそこから屋上に出られるかもしれない。可能性が浮かんだ瞬間には、体はもう動いていた。

ボコボコのロッカーを無理やり押し倒して、窓へ続く空間を作る。脚の折れ曲がった机に膝《ひざ》を乗せ、その向こうにある窓ガラスに手を伸ばした。

「ドロシー！　ダメだよ。危ない！」

ライオンに足首を摑《つか》まれたので、余った方の足で彼を蹴《け》り飛ばした。何度も何度も顔を蹴られ、ライオンは手を離して尻餅《しりもち》をつく。情けは無用。今は敵だ。

取っ手のハンドルはあまりに固く、まったく動かせる気がしない。でもここで諦《あきら》めるわけにはいかない。足元の椅子《いす》を拾い、思い切り窓ガラスに叩きつける。

一度、二度。三度目の衝撃で窓ガラスは砕け散り、外の熱が再び肌に触れた。

ホースの先端を持ち直す。机を踏み台にして屋上へ出た。風に煽《あお》られ、炎が眼前に舞っていた。

辺りは一面、火の海だった。炎が、ブリキの集めたさまざまなガラクタに飛び火し、屋上は激しく燃え上がっていた。ガラクタも、こうやって燃やすために拾われたものだったんだ。積み上げられた瓦礫《がれき》の山で大きく布が翻《ひるがえ》り、夜空に赤い火の粉《こ》が舞う。風を受けて炎が唸《うな》った。それはまるで西の悪い魔女の笑い声のように。

ホースのグリップを握りしめる。水がジェット噴射で放水されたが、あんなに頼もしかった水の勢いが、この炎の前では心許《こころもと》ない。

左方に人影が見え、ホースの先を向ける。尖《とが》った鼻のカラス男の制服に火が燃え移っていて、その服を脱ごうとパニック状態になっていた。すぐにその姿に水をかける。

まだ、たぶん最悪の状態ではない。炎に包まれ逃げ惑《まど》う人影は見当たらない。もう死んでいなければ、だけど。

辺りを見渡しながら歩いた。風が炎の背を大きくしてしまっている。一面がオレンジに包まれ、気が動転して息が苦しくなった。

ホースがピンと張って、後ろによろけた。長さは充分にあるはずなのに。

「……どこかに引っ掛かったのかな」

一瞬悩んで水を全身に浴び、ホースを置いて前に進むことにした。

喉《のど》が嗄《か》れて息が詰まった。でもまだ戻りたくはない。ここで戻れば、きっと後悔してしまう。私は見回し、ブリキを捜してその名を叫んだ。あまりの熱さに視界がぼやけて、眼球が溶けてしまうのではないかと思えた。

どんなに呼んでも彼の姿は見えず、涙が溢《あふ》れて私は立ち尽くした。

ここはもう、私の知っているオズの国ではなかった。私の唯一《ゆいいつ》の安息の地ではなかった。自分がどの位置に立っているのか、ドアとの距離がどのくらいあるのか、ホースを手放してしまってわからなくなって、突然心細くなった。

「……最悪じゃん。これもうすでに最悪じゃん……」

悔《くや》しさに言葉がこぼれる。私には何もできない。私の声が届かないのは、私が関係ないから？　するとだんだんと怒りが湧《わ》いてきた。ふざけんな。

「ふざけんなあ！」

名前の変わりに、悪口を叫んで歩いた。

西だ。彼はきっと、西にいる。ソラさんを受け止めた、樹木の立つ方向。悪い魔女の、いる方向。真《ま》っ直《す》ぐに歩けば、金網にたどりつくはず。

「ふざけんな、バカああ！」

揺れた炎の向こうに夜空が見えて、見慣れた金網のそばに、驚いた表情のブリキが立っていた。

「……ブリキ」

「何をしてるんだ、お前……。ここまでバカか！　焼け死ぬぞ！」

「もう死んじゃうわよ！　ここまで来ちゃったんだから」

風に震える炎の影が、ブリキの表情を揺らす。観念したように嘆息をひとつ。一呼吸おいてから、彼は優しく微笑《ほほえ》んだ。

「そうか。じゃあ一緒に死ぬか。俺とお前はもう無関係じゃない」

照らしだされたその顔に、私は怒りを覚える。

ちゃんと笑えバカ。これが君の望んだシナリオだというのなら。

「……そうやって自分を傷つければ、ソラさんが自分を見てくれるとでも思ってんの？　可哀《かわい》想《そう》だから許してあげる、みたいな？」

「許してほしいとは思っていないさ。ただ、もう終わりにしたいんだ」

「じゃあこれで満足？　全部燃やして見ない振りして、逃げてばかりでさ！」

「ああ」

「嘘《うそ》だよ。だって君、笑ってない」

「よく見ろ、笑ってる」

嘘だ。だってそれは、その笑顔は、私に教えてくれた、嘘をつくときに貼《は》りつける笑顔じゃないか。だってそれは、

「嘘《うそ》つきスマイルじゃないか！」

ブリキの頭上にぽつんと、笑う魔女の口のような、三日月が浮かんでいた。

「さっさと戻れ。予想以上に炎が小さい。戻ればまだ助かる」

月光を浴びながら、ブリキは踵《きびす》を返し、金網を登る。

ガシャン、と金網は鳴った。私が、死を決意した日に聞いた音。

「……やめてよ」

ガシャン、ガシャン。ブリキは金網のてっぺんに足を掛けると、私を見下ろしたまま片足を放って座った。そうして空を見上げる。三日月の灯《とも》る静かな夜空。空を覆《おお》う雲はその月の部分だけ、まるで溶かされたかのように消えていた。

「思い出すな。あの夜も、こんな形の月が出ていた」

風が吹いて炎が大きく揺れた。その風は金網のてっぺんに座るブリキの髪やマフラーをもなびかせ、ふらりと揺れた彼の姿に、心臓が止まりそうになる。

どうしよう。足が竦《すく》んで動けない。

「お前はソラに似ている。お人好《よ》しで、他人を優先して、自分は損してばかりじゃないか。優しすぎる」

そんなことない。私は優しくなんかない。

ブリキは空を見上げたまま、独り言のように呟《つぶや》く。

「そんなんじゃ生きていけないぜ。この世の中には、俺みたいな奴《やつ》がいるからな」

声が出ない。体が動かない。ずっと震えているのに、どうして体は動かない。目の前で、ブリキが死のうとしているのに。

金網の上に、ブリキは立った。

「でも、俺はお前らみたいな奴が嫌いじゃなかった」

月を背負って微笑《ほほえ》む。それは、私の見た初めての笑顔。悪戯《いたずら》を成功させた少年のような、意地悪な笑顔だった。

「じゃあな」

「……!!」

「ブリキっ！」

その声は私の喉《のど》からではなく、後方から聞こえた。振り向くまでもなくわかる。ライオンの決闘のときにも聞こえた、カカシの声。その声で、私の緊張ははち切れて、体は全力で跳躍していた。

視線の先にブリキを見据《みす》えた。その後ろ姿はゆっくりと、金網の向こうに傾いてゆく。柵《さく》に足を掛け一歩、二歩、三歩目を金網の縁《ふち》に乗せる。あの日泣きながら登った金網をたった三歩で駆け上がった。想像を遙《はる》かに超えた自分の身体能力に驚く間もなく、眼前に浮かぶブリキの、落ちゆく片腕にしがみつく。

「はっ……？」

「え？」

気がつけば、空中に二人。顔を見合わせ、落下する。

息が詰まり、心臓が持ち上がる不快感の直後、金網より外側の縁《ふち》に腹部で着地した。

「ごふっ」

次いで勢いそのままに、校舎の側面へと顔面を打ちつける。

「んがっ」

それでも私は、ブリキの腕を離さなかった。

カツンと無機質に音が響き、ブリキの眼鏡《めがね》が遙か前方に落下していく。

私は屋上の内側に下半身を残したまま、宙ぶらりん状態のブリキを捕らえていた。

千切《ちぎ》れそうな両腕に力を込めて、ブリキの片腕を握りしめる。秋でよかった。彼が長袖《そで》じゃなかったら、きっと摑《つか》めなかった。けれど、引っぱり上げることなんてできない。落ちないように繋《つな》ぎ止めるので精一杯だ。

ぼたり。見上げたブリキの額《ひたい》に赤が垂《た》れる。

「……本物のバカか！　お前は！」

ぼたり、ぼたり。

鼻をぶつけた私はまた、鼻血を垂らしているのだろう。信じられない。超格好悪い。

「放せ！　お前も落ちたいのか。手を放せ！　お前には関係な──」

「関係あるっ！　あんたが死んだら、私が悲しいじゃない！」

握る指に力を込めて、私は声を絞《しぼ》り出した。

「バカって言った奴《やつ》がバカなんだバカ……」

どんなに格好悪くたって、この手を放して鼻血を拭《ぬぐ》うわけにはいかない。私は何があっても絶対に、この手を放さない。

「……カカシも、ライオンも、みんな悲しむ。みんなを繋《つな》げてくれたのはソラさんでしょう？　ソラさんが繋げたあんたたちの目的が復讐《ふくしゅう》だなんて、ソラさんが一番悲しむ」

涙が溢《あふ》れて視界がぼやける。ブリキの表情が、見えなくなる。

「……会ったことを後悔なんてするもんか。君は何もわかっていないよ。ソラさんが、君に出会ったことを後悔してると思ってんの？　落ちていく中で君を見たソラさんは微笑《ほほえ》んだんでしょ？　それは、嬉《うれ》しかったんじゃないの？　君が助けに来てくれて、嬉しかったんじゃないの？」

そんなソラさんが、ブリキを失って悲しくないわけがない。

ブリキとの思い出の詰まった、この屋上を失って悲しくないわけがないんだ。

「自分を許してやれとは言わないよ。君は頑固だから、絶対に許すことなんてできないんでしょ。じゃあ簡単じゃないか。君のすべきことはひとつだよ。君を許せる人は、もうソラさんしかいないんなら、君は、そのソラさんを待ち続けなきゃいけないんだ」

現実から目を背《そむ》けてちゃダメだ。

私は、毎日が苦しくて、終わらせようとしてここへ来た。死を決意して、最後に訪れたのがこの場所だった。

「私だって……何もかもから逃げて、たどりついたのが、この屋上だったんだ」

ここは、一番死に近い場所だった。

「でも、でもね。私はこの屋上が好きになっちゃったんだ。臆病《おくびょう》なライオンがいて、知恵の無いカカシがいて、心の無いブリキがいて。私はみんなのこと、好きになっちゃったんだよ。私は、この場所を、守りたいよ」

だからここへ逃げてきてしまった私たちは、今度はちゃんと前を向いて、戦わなきゃいけない。

「私たちに、もう逃げるとこなんてないんだよ。これ以上、どこへ逃げられるっていうの？」

私たちにできることは、現実と戦って、乗り越えること。

「……私たちがしなきゃいけないことは、この屋上を死に近い場所じゃなくて、みんなの、集まれる場所にすることだよ。みんなの好きな青空や、茜空《あかねぞら》や、星空を、いつでも見られるように守り続けることだよ。それが、ソラさんのためにできることだよ！」

死んだら、ここで死んでしまったら、ソラさんに謝ることだってできなくなる。君は二度と、許されることはなくなるんだよ。

「……どこにも行かないでよ。君ひとりだけ逃げるなんて、そんなの、私だって許さない」

臆病《おくびょう》なライオンは勇気を、知恵の無いカカシは脳みそを手に入れた。

ここは夢が叶《かな》う、魔法の国。オズの国だよ。そうでしょう？　ブリキ。

「――ブリキは、ブリキでしょう？」

涙はとめどなく溢《あふ》れ出た。泣いてはいけないと焦れば焦るほど、涙でブリキの顔が滲《にじ》んでゆく。泣いたら、力が抜けてしまう。

「私だって悲しいよ。もう関係あるんだよ。こんなに苦しいのは、関係あるから苦しいんだよ。痛いときはちゃんと言え。一緒に苦しんであげるから。一緒に謝ってあげるから。だから私を悲しませるな！　ちゃんと私を護《まも》れ！」

腕が震えて、感覚がなくなっていく。

「君……死んだら、殴《なぐ》ってやる。死なないでよ。ドロシーを悲しませないでよ。私を、悲しませないでよ」

「……わがままだな、おい」

ブリキの顔が炎に赤く照らされた。燃えさかる大きな布が舞い上がり、私たちに黒い影を落とす。強い熱を感じた。後ろを振り向く余裕なんてなかったけれど、炎が大きくなっていることはわかった。激昂《げきこう》する西の魔女は、すぐ後ろまで迫ってきていた。

私は目を瞑《つぶ》って踏ん張ったけれど、もうこれ以上、力を込めることができなかった。両手を滑り落ちて、ブリキの体がずるりと抜け始める。

――ダメだ。ダメだ、ダメだ。

力が入らない。

「……ドロシー」

ブリキがこちらを見上げ、初めて私を〝ドロシー〟と呼んだ。そして、くすぐったそうに笑う。

「……なるほど、ソラはこんな、気持ちだったんだな。お前が来てくれて、助けようとしてくれて……嬉《うれ》しかった。お前は、生きろ」

「バカ……！」

ブリキは余った腕で私の手を摑《つか》み、引き剝《は》がす。ブリキの体がずり落ち、手のひらをすり抜ける。

「……！」

もうダメだと、そう覚悟を決めた瞬間、私の頰《ほお》のそばから長い腕が突き出て、ブリキの手首を摑んだ。

「……ライオン……！」

「引っぱるよ。ドロシー」

ライオンに引っぱり上げられ、ブリキと私は屋上の縁《ふち》に座り込む。手が痺《しび》れて、心臓がばくばく高鳴っていた。そんな私たちに、金網の向こうからカカシがホースを使って水を降らせた。

金網にもたれるブリキも、肩で息をしていた。

「……危なっかしいな、お前は」

「あんたが言うな！」

生きている嬉しさや怒り、泣きたい気持ちなどすべてが入り混じってわけがわからなくなり、結果、私はブリキを平手打ちする。

ばちん、と爽快《そうかい》な打撃音が、屋上に響いた。

「……死ぬとか死ねとか、もう二度と言うなバカやろう！」

「……おい。俺は生きているのに殴《なぐ》られたんだが」

「殴るよ。何度でも」

「そいつは、怖いな……」

その顔は私の涙や鼻血で汚れていて、それを制服の袖口《そでぐち》で拭《ぬぐ》う姿は、まるで泣きじゃくっている子供のように見えた。

「泣き虫」

「アホか。全部お前の鼻血だ」

ブリキは小さく笑う。それは嘘《うそ》ではない、彼自身の笑顔だ。

「ドロシー！」

カカシに呼ばれ、金網の向こうに目を遣《や》る。彼女は空を見上げていた。

ふと、頰《ほお》に水滴が当たった。でもそれは、カカシの持つホースから放出されたものではなかった。

私は空を見上げる。

「うそ」

雨だ。

「奇跡だ！」

私とライオンは抱き合って喜んだ。ブリキは呆然《ぼうぜん》と空を見上げている。

カカシはホースの水を撒《ま》き散らして飛び跳《は》ねた。

「西の魔女は水に弱いの。水に溶けて死んでしまうんだよ！」

紺色の夜空はすべて雨雲で覆《おお》われ、雨はどんどん強さを増していった。それに伴い、炎は弱くなっていく。

金網にしがみつく四人の男たちの姿が見えた。見渡すと、ほかの二人も散り散りになって丸くなっている。衣服が焼けてしまっている者もいるが、誰一人として飛び降りた者はいなかった。

雷が鳴る。ソラさんが怒っているのかと思った。でもこの雨は恵みの雨だ。ソラさんは泣いているのだろうか。嬉《うれ》しくて？　それとも悲しくて？

「ソラはよく笑い、よく泣き、よく怒った。まるで目まぐるしく移り変わる空のように」

ブリキの言葉を思い出した。

見上げた空に、一年前の三日月はもう見えなくなっていた。

×　×　×

次の日、学校はちょっとした騒ぎになっていた。校舎の一部が炎上したのだから無理もない。

あのあと、私たち四人は雨の中、運動場を全力で疾走《しっそう》した。走りながら、高鳴る感情を我慢することができなかった。ハタから見ればものすごく奇妙な一団だったろう。それでも私は嬉しかった。ブリキが生きていること、あの瞬間に雨が降ったこと、私たちは変わってゆけるということ。

非日常的なドキドキは、駅に着いてからもおさまらない。

ライオンはずっと青ざめていた。

「ドロシーがホース一本で炎の中に飛び込んでいったときは本当、焦ったよ」

「でも足の踏み場くらいあると思ったし、まだ間に合うとも思ったし……」

「いや。実際はもっと大規模な火災が起きるはずだった。奴《やつ》らも俺も、一瞬で火だるまになるくらいに」

　ブリキが恐ろしいことをさらりと言い、空気が固まる。

　するとカカシが思わぬ証言をした。

「あのポリタンクの中身、一部は水だったんだよ」

「え？」

　放課後、ブリキの横でカカシが用意していたのは水だったという。ブリキに隠れて、事前にポリタンクの中身をすり替えていたのだ。

　ブリキが啞然《あぜん》と口を開ける。

　カカシ。なんてしたたかな子なんだ。やっぱり抜け目がない。

「あたしスパイ」

　彼女は両腕を顔のそばに揃《そろ》え、ピースの形にした指をチョキチョキと動かして「ふぉふぉふぉ」と笑う。だからそれじゃ宇宙人だって。

　カカシやライオンとは改札の前で別れ、私とブリキはホームへ向かう。

「ドロシー」と、ブリキは小さく呟《つぶや》いた。

「……。何でもない」

「呼びたかっただけでしょ。名前を」

「そうじゃない」

「……もう死のうとは思わない?」

「自分を許すことはできない。けど……」

「けど?」

「死んだらソラにも、謝れない」

「死んだらまた殴《なぐ》るからね」

「それは、参るな。鼻血を垂《た》らされるのもごめんだ」

アナウンスが流れて、電車の音が近づいてきた。

「ドロシー」

喧騒《けんそう》に紛《まぎ》れて、再び彼の声を聞く。

ブリキは口だけを動かした。声が届かなかったふうを装ったつもりなんだろうけどバレバレだ。声を出してないだけ。可愛《かわい》くない奴《やつ》。


運動場で二度、ブリキは転んで泥だらけになった。

「前が……。見えない……」とおどおど手を伸ばす彼が眼鏡《めがね》を失《な》くしていることに気づき、私はその手を取って一緒に走ってやった。

彼は何も言わなかったけれど、その手をちゃんと握り返してくれた。

プライドの高い彼が、私の手を振り払わなかったのが嬉《うれ》しかった。

「関係ない」と、突き放さなかったのが嬉しかった。

ちゃんと伝わってるよ。

本当、素直じゃない。


「一年前の君はさ、今日死んだのかな」

「さあな」

〝ありがとう〟も言えない彼は彼らしく、意地悪な笑顔を見せた。

赤松《あかまつ》たちもまんまと逃げおおせたらしく、事件は未解決のまま時間は流れた。私たちに容疑がかかることはなかったけれど、やはりしばらくはビクビクして過ごした。

「一年前の事件ですら隠蔽《いんぺい》したがるこの学校の体制なら、今回のことも表沙汰《おもてざた》にしたくないと考えるだろうな」

そう言ったブリキの言葉通り、騒ぎは徐々に沈静化されてゆく。

「だが屋上は閉鎖だ」

あの夜、改札の前でブリキが宣言して、それから私たちは屋上を避けて生活するようになった。次に私が屋上に上ったのは翌年のこと。オズの国に再び、暖かい陽気が降り注ぎ始めた頃だった。

5　ドロシー（後編）

ドロシーがバケツの水をわるい魔女にかぶせると、魔女はみるみるうちに溶けていきました。

「小娘！　なんてことをしておくれだえ！」

西のわるい魔女の弱点は、水だったのです。

西の国に平和がもどりました。

四人はおおよろこびで、大魔法使いオズのいるエメラルドの都へむかいました。

「これで知恵が手にはいる！」カカシはうれしくなって歌いだしました。

「ぼくには心が！」ブリキは関節に油をさして準備も万端《ばんたん》。

「ぼくには勇気が！」ライオンはもう、しっぽで涙をふくこともありません。

「わたしはカンザスへ帰れるんだわ！」ドロシーは愛犬トトをだきしめました。

いよいよ、願いがかなうときがきたのです。

×　×　×

終了時間を告げるチャイムが鳴り、教室内の緊張が一斉《いっせい》に解ける。はああ、というため息が溢《あふ》れ、伸びをするクラスメイトがちらほら。空気が動き出す。

席の最後尾の生徒が順々に答案用紙を回収していく。いつもなら時間ギリギリまでテスト用紙にかじりついている私は、今回に限っては、それはもう優雅な白鳥の如《ごと》く、答案用紙をひらひらと手放してみせた。

今回のテストには自信があった。夜遅くまで勉強に精を出したおかげで、解答欄はすべて埋めることができた。憎きあのイケメン木枝《きえだ》も、私の飛躍的な成績の向上に目を丸くして怯《おび》えおののくに違いない。私だってやればできる。夜眠れなくなった体は、一夜漬《づ》けくらいじゃあビクともしないのだ。

帰る支度をしていると、小夏《こなつ》が声をかけてくれた。

「……女子高生と合コンしたがる大学生。不気味だよね。どう考えても水弾《はじ》く若い肌目的としか思えない。うーん……エロいわ」

見上げると、小夏はいつもの位置で腕を組み、いつものように蛍光灯の明かりをおでこに反射させている。

「合コンなんて、誰相手にしたって体目的であることに変わりはないんじゃない？」

「ふふ。知ったふうな口を。あなた、合コン経験は？」

「皆無《かいむ》」

ん？

「なるほど。今日が初体験というわけか」

「ちょっと。今日？　私も？」

「当たり前でしょう？　いくら体目的のいかがわしい変態集合体だとは言ってもね、医学部なの！　これは様子を見るべきだよ。日本医学界の行く末《すえ》をうかがえるチャンスに、〝女子高生〟というステータスを今使わずしていつ使うというんだい？」

この子はいつでも元気だ。どうしてこうも好奇心旺盛《おうせい》なのだろう。いやいや、医学界の行く末なんてさすがに興味ないでしょ。

「んな、テスト終了直後に何を……。今日はダメ。大事な用事あんの」

私を見下ろす小夏《こなつ》の表情が崩れる。出るぞ、この子の得意技。優しい私は鞄《かばん》をどかし、眼下の机上にスペースを作ってあげた。

「ひどいっ。ひどいよ加奈《かな》っ。私や医学界の未来より大事なものなんてあるの？　私は、加奈が早く新しい幸せを見つけられるようにとただそればかりを願って、何日も前から医学界と交渉に交渉を重ね……」

うそつけ。

とはいえ本当に気を遣《つか》ってくれているなら、嬉《うれ》しい。私の机に突っ伏してわんわん泣く小夏の前に手を合わせる。

「ごーめーんー。今度。今度の合コンには参加するからさ」

ぴたり、と小夏の泣き真似《まね》が止まる。顔を伏せたまま、その腕の隙間《すきま》からくぐもった声が聞こえてくる。

「何色？」

げ。どうしてこの子はそんなにたい焼きが好きなんだ。ことあるごとにたい焼きをねだってくる。何だかんだで気に入ってるじゃないか、あの店。

「白」

「おっけ、じゃあ今度誘うね。でもいいの？　もう医学界のチャンスはないかもよ？」

顔を上げた小夏はあっけらかんと言い放った。現金な奴《やつ》。

「いいよ何界でも」

「いいの？　農学界とかでも？」

「いいよ。小夏も一緒ならね」

「えええ。農家かあ」

「最近人気らしいよ？　農家」

「うっそ」

「小夏《こなつ》さあ、どうしてその年で職業を気に――」

「ドロシー！」

突然、名前を呼ばれて驚いた。教室でその名を聞くのは、慣れてなくてこそばゆい。

教室後方のドアに、棒付きキャンディーを振るカカシの姿がある。そのそばに立つ日陰者のブリキが、彼女の頭をペシンと叩《たた》き「声が大きい」と人差し指を立てた。

「加奈《かな》、男いんじゃん！　でも……子持ちなの？」

小夏の冗談に、私は苦笑いを浮かべた。

「ああ見えてね、女の子の方が大人だったりするんだよ」

席を立つ。膨《ふく》れた表情の小夏を見下ろした。「ごめん。またね」そう言って席を離れたが、私はすぐに足を止めた。

「あ、変な噂《うわさ》立てないでよ」

「何色？」

「もうっ。白いたい焼きしか食べないんでしょ。君は」

「へへへ。よろしく。またね」

にやける小夏に手を振って、私は教室をあとにした。

「もちろん嫌いだ、目立つのは」

廊下を歩きながら、ブリキはつん、と言い放つ。

「出る杭《くい》は打たれるものだ。俺はぬきん出ているからな。より一層の注意が必要なんだ」

「へえ……」

ブリキと屋上以外で接触するのは、まだ違和感があった。物語の登場人物が現実に出てきてしまったような、不思議な感覚。

私の右側を歩くカカシが、私の左側のブリキに無邪気な笑顔を見せる。

「大丈夫。ブリキは目立ってないよ。さっきブリキの教室に迎えに行ったとき、全然見つけられなかったもん」

「へえ……」

その様子を想像して口元が緩《ゆる》んだ。広い教室の真ん中辺りに、きっとぽつん、と座っているんだろうな。

「君さ、全然出てないじゃん。へっこんでるんじゃないの?」

「アホどもめ。気配を殺しているんだ。わからないのか、この偉業が。それはそれは実に大変な労力を――」

「はいはい、すごいすごい。ねえ、すごいねえカカシ」

「うん。すごい。すごいバカ」

「おいちっこいの。聞こえているぞ」

ライオンはすでにC組の教室の前で待っていてくれた。ブリキと違ってとても目立つ彼は校舎内のあちこちで見かけるけれど、こうして話すのは久しぶりだ。変わらない笑顔に嬉《うれ》しくなる。

教室の中に赤松《あかまつ》の姿が見えたけれど、私たちと視線がぶつかることはなかった。あの日から彼らとの接触はない。赤松は手のひらを切っていたけれど、ブリキに何のお咎《とが》めもなかった。復讐《ふくしゅう》された様子もない。彼らからすれば、私たちは屋上を炎上させてまで自分たちを殺そうとした相手なのだ。本気でナイフを振り回してくる相手とは、なるべくなら関わりたくないのかもしれない。

あの夜の出来事については、お互い暗黙の了解といった具合に口をつぐんでいた。私は恐らくこれから先、彼らと話すことはないだろうし、話したくもなかった。

一緒にソラさんのお見舞いに行こうと言い出したのはカカシだった。「私も行っていいの？」と尋《たず》ねると、「もちろん」と答えてくれる。ならみんなも誘おうと提案した。私たちは屋上以外ではほとんど会わない。ライオンやブリキと会うのは久しぶりだ。私は少し、寂しくなっていたのかも。

ソラさんの入院しているその大きな病院は、丘の上に建っていた。長い坂道を登りきると風が吹き抜けて心地よく、屋上を思い出す。

ソラさんは真っ白な病室の真っ白なベッドの上で、静かに眠っていた。

しゅっとした鼻筋が、カカシに似ていてとても美人だ。胸が微《かす》かに上下していて、いつ起き出しても不思議ではないような気がした。

「はじめまして」、と私は挨拶《あいさつ》をした。

私たちは似ているんだって。何だか照れるな。

カカシの了解を得て、手を握らせてもらった。その肌は想像以上に温かくて、柔らかい。ソラさんの笑顔を見たいと願った。きっと私たちは、仲良くなれる。

「この小指がね、動いたんだよ、この前！　少しだけ」

カカシは嬉しそうに話してくれた。彼女やライオンは、ときどきこの病室を訪れているのだという。私と知り合ったばかりの頃も、学校帰りによく寄っていたらしい。

ブリキは病室に入るのを躊躇《ためら》っていた。彼は私と同じで、初めてこの場所に来たのだ。元気だった頃のソラさんを知っているブリキの心境は、私なんかよりもきっともっと複雑なのだろう。

時間をかけて彼女のそばまで歩き、その寝顔を見下ろす。ブリキは嬉しそうな、泣き出しそうな、何とも言えない表情で「久しぶりだな」と呟《つぶや》いた。

それから、ソラさんに見せるように『オズの魔法使い』を前に出す。

「……実はまだ読んでないんだ。怒るか？」

そよ風に吹かれ、白いカーテンが静かに揺れていた。私たちはじっと黙ったまま、彼がソラさんに語りかけるのを見つめていた。

「お前が、その……目が覚めたら。ちゃんと最後まで読んでやるよ。そしたら……」

今日のブリキは静かだった。その雰囲気はとっても柔らかかった。

「そしたら、また話そう」

言い終わって、ブリキは微笑《ほほえ》んだ。その笑顔が優しくて、切なくて、胸が締めつけられる。

私たちはお見舞い用に持ってきたガーベラのブーケを、ベッド側の花台に置いた。淡い桃色は、白一色の病室をほのかに彩《いろど》ってくれた。

「また来るよ、ソラ」

帰り際、そう言ってライオンは彼女の額《ひたい》に唇《くちびる》を寄せる。学校では見られないライオンの彼氏な一面に驚く。そうだった。二人は恋人同士だった。

壁際のパイプ椅子《いす》に腰かけるブリキは腕を組み、見ない振りをしていた。その仕草《しぐさ》が可愛《かわい》くて、可笑《おか》しかった。

外に出るとすごくいい天気で、思わず両腕を空に伸ばす。広がる大空に、雲が風に流れていた。

「お昼はどこで食べるの？」

ライオンの質問に、カカシが声を上げる。

「あの屋上がいい！」

それには私も賛成だ。

「そうだね。せっかくだから屋上で食べようよ。もう行っても大丈夫じゃない？」

またあの屋上へ行きたくなった。私たちには、やっぱりあの場所がしっくりくる。

けれどライオンはかぶりを振った。

「でも屋上の扉《とびら》、南京錠《なんきんじょう》かかってたよ」

「ええ」

私とカカシは肩を落とす。するとブリキがにやりと笑った。

「あんな小さな南京錠で、この俺の侵入が防げると思うか？」

彼がポケットから取り出した屋上の鍵《かぎ》には、小さな鍵もセットになってぶら下がっていた。

「おおお」

さすがはブリキ。したたかだ。

降り注ぐ陽気は柔らかく、とても気持ちがいい。澄み渡った空を見上げたら、早くあの屋上へ戻りたくなった。

私たちは再び地下鉄に乗り、学校へ向かう。カタンカタンと、一定のリズムで電車は揺れた。お昼すぎの車内は人もまばらで、私たち四人は並んで座ることができた。

正面の車窓に自分たちの姿が映り、カカシを公園に迎えに行ったときのことを思い出す。あのときも、揺れる電車の中でブリキは本を読んでいた。確認はしなかったけど、あれもきっとオズの本。

「あの本。まだ読んでいなかったんだ」

隣に座るブリキはぶっきらぼうに答える。

「ああ」

「まだ、ページは捲《めく》れないの？」

「どうだろうな」

「それとも、ソラさんと話すときのネタ作り？」

「違うわ」

ムスッとしている。ホント、素直じゃない。でも「関係ない」と言わないだけまだマシか。

「『オズの魔法使い』かあ。懐《なつ》かしいな。私もまた読み直してみよっかな」

私は鞄《かばん》の中の手帳から栞《しおり》を取り出した。彼岸《ひがん》花の押し花が挟み込まれている、アメくんに貰《もら》ったやつだ。

「これあげる」

「……彼岸花？」

「おお、知ってんの？　花言葉は、〝また会う日まで〟」

「どこか行くのか？」

「違うよ。また会う日まで。ソラさんとね。それ、挟んでおきなよ」

ブリキは彼岸花を眺めながら、嬉《うれ》しさを隠すようににやけた。おやおや、これまたレアな表情だ。

「なら礼にこの本を、貸してやる」

ブリキは『オズの魔法使い』を私の前に突き出す。

「え。ちょっと、栞あげたのに本渡しちゃったら意味ないじゃん」

「意味はあるさ」

彼はそう言って鞄から別の文庫本を取り出し、栞を大事そうに挟んでくれた。

「この間、校庭の隅でカエルを見つけたんだ。拳《こぶし》くらいの」

「は？　また？　皮剝《は》がされてたの？」

「いや。皮、あった」

「……あったんだ、皮」

「ああ。あった」

「意味わかんない」

私たちは笑い合う。

本を途中までしか読んでいないブリキは、気づいているのだろうか。

『オズの魔法使い』であの三人がそれぞれ求めていたものはみな、実はもう持っていたものだった。アレだって。皮を剝《は》がれたカエルだって、ブリキの心臓ではなかったんだ。やっぱりさ、心はちゃんと、ブリキの中にあったんだよ。

「ねえドロシー。四秒に一回のあいつは、今は何秒に一回くらい？」

舐《な》めていた棒付きキャンディーを口から取り出し、カカシがそう尋《たず》ねたのは、学校の裏門を過ぎ、中庭へ続く砂利《じゃり》道を歩いているときだった。

「うーん。半日に、一回くらいかな。眠る前と、起きた直後」

「お前、まだ引きずってたのか」

ブリキが会話に割り込んでくる。

「うるさいな。恥ずかしがってろくに恋もできない人にはわかんないんだよ」

「おい、なぜ俺が恋したことないと決めつける。不愉快《ふゆかい》だ」

「え、あるの？　誰？　オレの知ってる人？」

たぶん知ってる人だよ、ライオン。

カカシは再びキャンディーをくわえ、腕を組んでいた。何かを考えている様子。

「んん。じゃあ大丈夫かなあ」

「何が？」

「向かって来るよ」

彼女が指差した先に、アメくんとその彼女の姿があった。その距離約百メートル。高い樹木が両脇《わき》に並ぶ遊歩道の中心を、二人は仲良く会話しながら歩いていた。

心臓がトクンと跳《は》ねる。私はすぐに「平気だよ」と笑った。

アメくんと別れて、もう半年以上が経《た》とうとしている。まだ引きずっているとすればそれはきっと異常だ。異常なんだ。

アメくんの笑顔が近づいてくる。でもそれはもちろん私に向けられたものではなくて、隣の彼女への微笑《ほほえ》み。頭ではわかっているのに、懐《なつ》かしさが溢《あふ》れた。

私はアメくんを避けて生活していた。なるべく思い出さないように、過去には触れないように。でもいざその姿を見てしまうと、少なからず動揺する。彼が別の女の子と楽しそうに歩いている姿を見ると、胸の奥にしまい込んでいた醜《みにく》い感情が少しだけ、頭をもたげた。

ざり、ざりと足音は鳴る。顔を伏せてしまっては負けだと思い。私はずっと前を向いていた。でも彼の顔を見ることはできなかった。黙ったまま前方だけを見つめる私は、どんな表情をしているのだろう。まだ、未練を引きずった格好悪い奴《やつ》に見えてしまっているだろうか。

すれ違った瞬間、自然と息が止まった。

「よかったよ。幸せそうで。うん」

私は微笑《ほほえ》んだ。好きな人が幸せならそれでいい。それだけで私は幸せだ。かつて何度も自分に言い聞かせた言葉を、再び胸中に呟《つぶや》く。

アメくんは私に気づかないまま行ってしまった。別に悲観したりなんかしない。それは仕方のないことだ。だって私は、もう彼の中にはいない。彼の瞳《ひとみ》には映らないのだから。

「……ふふん。あいつがお前の想《おも》い人なのか。どこがいいんだ」

「オレあの人知ってる。結構人気者だよね？　話したことはないけど」

ブリキとライオンは振り返り、アメくんの後ろ姿をまじまじと眺めていた。事情を知られている二人にはあまり見られたくないな。あの人が、私が死のうとした原因。あらためて恥ずかしくなる。

「昔の話でしょ。もう全然気にしてないもん」

歩き続ける私の手首を摑《つか》んだのは、ブリキだった。

「お前は自覚するべきだ。嘘《うそ》が下手なんだよ。絶望的にな」

「え、そんなことないんですけど？」

「今度はドロシーの番だね」

カカシが私を見上げ、にやける。

「何が？」

「復讐《ふくしゅう》」

そう答えたのはライオンだった。

「え？　だ、ダメだよ、殺しちゃ！」

「誰も殺せとは言ってないだろう」

ブリキの言葉に、ライオンが腕を組む。

「じゃあどうする？　殴《なぐ》る、とか？」

「ん。殴る、か。弱いな。悲しみは半年分もある」

「ドロシーの履く銀の靴《くつ》には、不思議な魔力があるんだよ！」とカカシが手を挙げた。

「それでカンザスに帰ったんだから。銀の靴はね、踵《かかと》を三回打ち合わせれば、たった三歩でどこへでも連れてってくれるの。例えば、憎き元カレの背中へでも」

「え。これ普通の靴なんですけど」

「キックか。よし、採用。キック……ドロップキックで行こう」

あごに手を添えるブリキを囲んで、いつの間にか作戦会議が始まっていた。当の本人である私を除いて。

「ちょっとっ。それ誰がやんのよ」

三人の視線を一斉《いっせい》に浴び、たじろぐ。

「お前以外に誰がやるんだ」

「無理だよっ。何、ドロップキックって。私スカートだし」

「無理？　冗談だろう。金網を一秒足らずで駆け上がる女が、愛《いと》しき元カレの背中に飛び込めないはずがない」

「もう二度とできないからね、あれ。てゆうかドロップキックと関係ないでしょうよ。私はもう何とも思ってないの！」

「こうだよ、こう」

隣で、あの決闘以来、妙に格闘技に詳しくなったライオンがドロップキックの説明をしてくれていた。

「こう、空中でね、右足と左足の踵《かかと》を意識して、きゅーって。こう合わせるの。で、一気にね――」

「お前が元カレの背中を蹴《け》り飛ばすと、隣の今カノは怯《おび》えた目でお前を見、そして言うだろう。『あなた、誰ですか』と」

カカシがごそごそと鞄《かばん》を漁《あさ》って取り出したのは、赤い短パンだった。一年生カラーの体育着。

「はい、これ貸したげる」

「……ちょっと、まだやるって言ってないのに」

「今カノの質問に、お前はこう言い放つのだ。『私、この人に捨てられた元カノです。よろしく』。中指を立てるか立てないかは、お前次第だ」

「すっごいイタいじゃん私。絶対やだ」

「……そうか。仕方がない。俺が殺そう」

ブリキの眼鏡《めがね》がキラリと光った。一歩踏み出したそのマフラーの端を慌《あわ》てて掴《つか》む。

「ちょっと！　あんたのそれはシャレにならないのっ」

「がんばドロシー。その靴《くつ》履いててできないことはないよ」

カカシの笑顔が眩《まぶ》しい。

「うう……」

「大丈夫、ドロシーならできるよ」

応援してくれるライオンに鞄を渡す。

「お前ならやれるさ」

カカシの短パンをスカートの下にはきながら、私はブリキを睨《にら》みつけた。

「何私ならって。いつの間に私そんなキャラに……」

「でもやる気まんまんではあるんだね」

にっこりと笑うライオンの言葉に、口を尖《とが》らせる。

「だって。やらないと終わんない空気なんでしょ。これ」

私は別に復讐《ふくしゅう》したいわけではない。彼らがやれと言うから仕方なく、不承《ふしょう》不承《ぶしょう》放つのだ。

……その、ドロップキックを。

ライオンがガッツポーズを作る。

「空中で足を閉じるんだよ？　踏み込みは余裕をもって二メートル手前から。人って意外と飛べるからね。かけ声はどうする？　『どえっせい！』とかにする？」

「殺す気で飛ぶんだよドロシー。蹴《け》り殺す気で。あいつの内臓はきっと綺麗《きれい》なピンク色だよ」

おい口が悪いぞ、カカシ。

三人に見送られ、私は走った。乾いた砂利《じゃり》の足音が跳《は》ねる。

アメくんの背中まで、その距離約三〇メートル。二〇。一〇……。

——あと、三歩。

蹴るのは私のはずなのに、走馬灯《そうまとう》が浮かんだ。アメくんとの楽しかった思い出。笑顔のアメくん。涙のアメくん。そして、冷たい目で私を見た酷《ひど》いアメくん。そうか、私がアメくんの涙を見たのは一度だけ。泣きすがる私を冷たい目で睨《にら》みつけながら、あの人は、泣いていたんだ。

「どえっせい！」

踵《かかと》を揃《そろ》え、放った両足はキレイにアメくんの背中を捉《とら》えた。ドス、と鈍《にぶ》い音と共にアメくんが前方に転がる。私は砂利の上に落下したけど、すぐに立ち上がり、きっ、と隣の彼女を見た。

驚きの表情で絶句する彼女は、肌の白い可愛《かわい》い子だった。

「か、加奈《かな》っ!?」

アメくんが腰を地につけたままこちらを見上げる。けれど私は視線を、彼女のみに注いでいた。

「い、い、い、言わないの⁉」

「は、はい⁉」

「『あなた誰』って訊《き》くの！」

「あ、あなた、誰ですか」

「私はっ。アメくんの……」

ああ。私は何をやっているんだ。アメくんの彼女のつぶらな瞳《ひとみ》に見つめられ、瞬間的に冷静になってしまった。すると自分の行動がやっぱり常軌《じょうき》を逸《いっ》していること気づき、恥ずかしくて、悔《くや》しくて、涙が込み上げてくる。

「私は、この人に捨てられた、元、カノです。よろ、しく……」

「は、はい……」

後方で笑い声が聞こえた。その声色《こわいろ》から察して、ブリキのものと推測する。なぜ味方から嘲笑《ちょうしょう》されているのだ。キッと睨みつけると、奴《やつ》はワザとらしく口を手で押さえた。

再び彼女に目をやる。黒いロングストレートの髪が白い肌を際立たせていて、なんと言うか、清楚可憐《せいそかれん》だ。ああ可愛い。

「ど、どうせその髪もアメくん、『その色好き』とか言ったんでしょ？　でもそれはきっと嘘《うそ》。私の赤い髪だってこの人褒《ほ》めてくれたんだから。ああっ！　でもきっとそれも嘘」

「あ、いえ、髪、明るい方が好きって言ってました。前の彼女がそうだったって……だから私、逆にムキになって、黒に……」

「え」

つい視線を送ってしまった私と目が合い、アメくんは照れたように頭を掻《か》いた。

「……えへへじゃないわよばかやろおう。どうしてアメくんは最後の最後までキュンキュンさせやがるんだ。中途半端なの！　もっと悪役に徹してよ。じゃなきゃ、まるで私が……」

言葉に詰まる。ダメだ、もう折れそう。

「……私が……悪いみたいじゃない……」

下唇《くちびる》を噛《か》んで涙を耐えた。こんなところで泣くわけにはいかない。泣いたらもっと惨《みじ》めになる。

「……加奈《かな》は悪くないよ。俺、まだ引きずらせてしまってる？」

何も言わないでほしい。優しくしないでほしい。もう私を、泣かさないでほしい。

「だとしたら俺が悪い。ごめん」

立ち上がるアメくんを睨《にら》みつけた。

「だから、それがっ……！」

「それが目障《めざわ》りだと言っている」

ドン、と突き飛ばされ、アメくんは再び尻餅《しりもち》をついた。アメくんは驚き、彼を見上げる。それ以上に私は驚き、言葉を失った。アメくんを突き飛ばしたのは、ブリキだった。

「お前は悪だ。言うまでもない。一度は愛した女が半年も死にかけてるってのに、自分はさっさと新しい女作っていちゃいちゃコイコイってか。過去はすべて水に流してハイおしまいと。唾棄《だき》すべき悪だな。これ以上の悪を、俺は知らない」

おーい、君が言いますか。過去をすべて燃やし尽くそうとした男の台詞《せりふ》とは思えない。

ざり、ざりとブリキはアメくんとの距離を詰めた。

「へっ？　誰？」

起き上がろうとするアメくんの至極《しごく》当然な質問に、ブリキはその片足を彼の胸に乗せて押さえつけ、答えた。

「はじめまして。ブリキの木こりと申します。よろしく」

「ちょっとブリキ！　やめてよ。アメくん、ごめ……っ」

私の頭に手を乗せて、その言葉を遮《さえぎ》ったのはライオンだった。

「〝ごめん〟はよくない。それは癖になるよ」

私と、アメくんの彼女との間にカカシが割って入り、私の手を握る。

「がんばったね。ドロシー」

アメくんはブリキの足をはたき、声を荒らげた。それはそうだ。温厚なアメくんだって、こんなことされたらさすがに怒る。

「何なんだ？　あんたらには関係ないだろう」

「関係あるさ」

ブリキは大げさにため息をついた。

「驚くべきことに、こいつは俺らの主人公なんだ。お前はもう二度と、こいつの視界に入るな。どっかでばったりってのもなしだ。目撃されるのもNG。声だけでもNG。思い出されるのももちろん、NG。覚えておけ。次にこいつを泣かせたら俺が――」

「燃やし尽くしてやるからな！」

そう叫んだのは、私の隣のカカシだった。ブリキがむっとして振り向く。

「お前な……取るなよ……」

満足気に、カカシはケラケラと笑った。

ブリキは再びアメくんを見下ろし、「そういうことだ」ととどめを刺した。

ざり、ざりと音を立て、三人は踵《きびす》を返して歩き出した。「行こう」とカカシが言って、私の手を引っぱる。けれど、少し歩いて私はその手を離した。

振り返ると、唖然《あぜん》として腰を下ろしたままのアメくんと、その彼を気遣《きづか》って膝《ひざ》を曲げる彼女の姿。

かつて彼が私だけにしてくれたことを、私だけにくれた優しさを、今度は彼女だけに与える

んだなと思うと、まだ少しだけ胸は痛んだ。でも大丈夫。私は大丈夫。

私はアメくんのために生きていた。この人と出逢《であ》うために生まれてきたんだと思っていた。私を創《つく》ってくれたのは紛《まぎ》れもなくアメくんだった。だから今の私がいるのも、きっとアメくんのおかげなんだろう。

あんなにも人を好きになったのは初めてだった。死ぬほどの絶望を経験したのも初めてだった。何も手につかなくて、夜は眠れなくなって、息をするのも辛《つら》くなって。こんな想《おも》いをするのなら、出逢わなければよかったとすら思った。

でも、今は逢えてよかったと、そう言える。

彼と出逢っていなければ、私はきっと屋上へは上らなかった。きっとあの奇妙な三人組みを助けられなかった。

だって、私が彼らにあげたそれぞれのアイテムは、ライオンにあげたヘアバンドや、カカシにあげた棒付きキャンディー、そしてブリキにあげた彼岸花《ひがん》の栞《しおり》は、すべてアメくんに貰《もら》った物なのだから。

「今まで、ありがとう！」

呆然《ぼうぜん》と私を見る二人に向かって、笑顔を作った。私は笑えている。ちゃんと笑えている。アメくんのおかげで、私は一歩前へ進むことができたんだ。

アメくんと過ごした日々は宝物だ。大切にしようと思う。その上で新しい思い出を作っていきたいと願った。そしてそれを、アメくんとの思い出以上の宝物にする。きっとできると思う。私は成長するんだ。みんなと、一緒に。

屋上への階段を上りながら、私はブリキを睨《にら》みつけた。

「最悪！　何あれ。超理不尽《りふじん》。私すっごい嫌な女だったじゃん。普通ポカーンってするよ。完全に悪は私たちじゃなかった？」

「一番悪者の顔してたの、ブリキだったよね」

ニコニコと笑顔を浮かべながら、ライオンがあとに続く。私たちの足音は狭い空間に響いていた。

「正義か悪かなんていうのは、自分で決めるもんだ」

「……何か誤魔化《ごまか》されてない？」

「仮に悪だとしてもいいだろう。正義と悪、奴《やつ》らとはそういう関係であっても何も問題はない。むしろその方が、すっきりしていて気持ちいい」

「んー……そうかなあ」

「あたしたち、敵多いよねえ」

ブリキの隣で、カカシがなぜか嬉《うれ》しそうに笑った。

「生きるって大変だ」

わざとらしいブリキの言葉に、私は眉《まゆ》を歪《ゆが》ませる。

「君は不器用すぎるんだよ」

ブリキが南京錠《なんきんじょう》に鍵《かぎ》を差し込むと、カチリと小さく音が鳴る。続いて扉《とびら》自体の鍵を外した。

いざ屋上へ続く黄色い扉を開こうとするその瞬間は、すごく緊張した。約四か月ぶりの屋上。

『オズの魔法使い』で、エメラルドの都に続くレンガの道も、黄色だった。私たちは、自分たちの手でその向こうにある屋上を燃やしてしまったのだ。あの頃と変わってしまっているかもしれない。私たちの居場所ではなくなっているかもしれない。

でもそれは余計な心配だった。開かれた空は、あの頃と同じように私たちを迎え入れてくれた。ブリキの集めたガラクタなどはきれいさっぱり撤去《てっきょ》されていて、また至る所が黒く焦げてしまっていたけれど、座れないことはない。

腕を伸ばし、深呼吸をひとつ。やっぱり、この場所が一番落ち着く。私たちの始まりの場所。新しい私の生まれた場所。

すすけたコンクリートに敷物を広げようとしたそのとき、ブリキが声を上げた。

「ダメだ！　まず掃除からだ」

空腹のまま私たちは中庭に駆けて、掃除用具一式を借りてきた。丁寧《ていねい》に辺りを掃《は》いて、ハトのフンをブラシで擦《こす》って、屋上はキレイに生まれ変わる。

「じゃーん」

掃除が終わると中央に円を作り、私は風呂敷に包まれた重箱を広げた。

「すげー！」

ライオンが百点満点の歓声を上げる。その反対に、ブリキのリアクションは赤点だ。

「重箱ってお前……」

「たくさん食べてね。超一杯作ったんだから」

昨日、私の家に泊まったカカシと一緒に作った弁当だ。テスト前日だというのにもかかわらず、私たちは勉強のあとそのまま眠らずに台所に立った。カカシはこれまた意外に料理がうまく、私がタコさんウィンナーを作ろうと提案したら、「ドロシー。それは子供っぽいよ」とたしなめられた。

「そんな、まさか。この味は……」

ライオンが小さなオムレツをひと口かじり、「〝ソラのとろ〜りチーズオムレツ〟だ……」と呟《つぶや》く。ソラに作ってもらった弁当の、定番メニューだったそうだ。

「ソラの受け売り」

カカシは得意気に笑った。

デザートに、私の手作りチョコレートケーキを振る舞った。アメくんのために練習を重ねた私の唯一《ゆいいつ》の得意料理。ふんわり焼き上がったケーキは、愛情たっぷりでとても甘い。

「固いな」

ひと口食べたブリキが表情を歪《ゆが》める。

「うん、固い」

続いてカカシ。

「固っ！」

ライオンまで大げさに声を張った。

「うそ？　そこまでではないでしょう？」

ケーキにフォークを刺してみて感じる。固い。それでいて甘さは、すごい。私たちは笑った。

三人はブーブー文句を言いながら、結局ケーキを全部食べてくれた。

満腹になった私たちは会話するでもなく、何をするでもなく、それぞれ自由気ままにのんびりとした時間を楽しんだ。

臆病《おくびょう》者のライオンはコンクリートの上でお昼寝を。知恵の無いカカシは歌を歌いながら運動場を見下ろし、心の無いブリキはいつもの場所で、さっき栞《しおり》を挟んだ文庫本を読み始める。

「……大魔法使いオズは、実はただの人間でした」

私はブリキに貸してもらった『オズの魔法使い』のページを捲《めく》りながら、かつて読んだ素敵な物語を思い出していた。

「……でも旅を終えた三人は、それぞれもう、欲しいものを手に入れていたのです」

『オズの魔法使い』で、西の魔女を倒したカカシやブリキ、ライオンはそれぞれ知恵と心と勇気を大魔法使いオズに貰《もら》ったけれど、それらは全部作り物だった。本当は三人とも持っていたんだ。それぞれが欲しいものを、ちゃんと。

私だって、変わり始めている。あの日、ブリキが落ちないように腕を摑《つか》んで、私も落ちそうになって。あの日見下ろした光景は、死ぬつもりで金網を登ったあのときとは違って見えた。落ちてゆくブリキの体を摑みながら、私は怖くて震えていたのだ。死にたくない。まだ死にたくない、と。

「……ドロシーは瞳《ひとみ》を閉じて、東の魔女から手に入れた銀の靴《くつ》の踵《かかと》を三回、打ち鳴らしました。するとどうでしょう。次に目を開くとそこはカンザスの草原。ドロシーの旅は、こうして終わりを迎えたのです」

仰《あお》向《む》けになって空を見上げた。雲ひとつない、透《す》き通るような大空が広がっていた。

いつかソラさんとも、こうして横になって一緒に見上げたいと願った。それまでには私たちもきちんと変われていて、彼女はそんな三人を見て、きっと「変わらないね」と言って笑うんだ。

そよ風が頰《ほお》を撫《な》でる。目を閉じると、さまざまな音を聞くことができた。金管楽器の演奏や運動部のかけ声、草木のざわめき、ライオンの寝息、カカシの鼻歌、ブリキがページを捲る音。誰かが廊下を駆けてゆく。

私はここにいる。私はちゃんと、この場所で生きている。

柔らかな日差しは春の訪れを予感させた。徹夜明けの体がぽかぽか温められてそれがとても心地よく、私は少しだけ、眠った。

あとがき

初めましてカミツキレイニーです。いよいよあとがきを書かなくてはいけなくなりました。受賞の電話をいただいた瞬間から、贈呈式《ぞうていしき》での挨拶《あいさつ》と並ぶ「どうしよう」のひとつです。前に出て話すのは苦手です。部屋の隅《すみ》っこが好きなものですから。ベッドと壁の隙間《すきま》、とかに挟《はさ》まっているのが好きなものですから。

なので全て謝辞で埋めてしまいましょう。にやり。


まずは選考に関わった皆様方へ、ありがとうございました。麻枝准《まえだじゅん》先生には身に余る講評をいただき、感謝の念に堪《た》えません。僕は先生の作品に触れると切なさで涙腺《るいせん》が緩《ゆる》んでしまうのですが、もう泣いてばかりもいられません。いただいた賞を誇《ほこ》りに、先生の作品に追いつけるよう、頑張ります。

次に、素敵な絵を描いてくださった文倉十《あやくらじゅう》先生へ、ありがとうございました。

池袋の個室居酒屋にて担当編集の山田《やまだ》さんから「文倉さんにオファーしたから」と聞かされたときには嬉《うれ》しさのあまり、隣席の敷戸《しきど》をガラリと開け、「おい、今の聞いたか！　何、聞いてない？　まだ言えねえよ！　バタン！」としたい衝動《しょうどう》に駆《か》られたのですがぐっ、と我慢《がまん》し、「そうですか。鼻血がでそうです」とにやける程度に抑えました。

愛すべきキャラクターたちを描いてくださり、本当にありがとうございます。僕が一番愛してます。間違いない。カカシのあまりの可愛さに、木枝《きえだ》死亡ルートを書きたくなりました。

そして担当編集の山田《やまだ》さんへ、ありがとうございました。あまり礼とか言わない方がいいですか？　いやでも本当に感謝しているのです。あれ、これ名前出してもいいんでしょうか。

原稿が赤ペンで血だらけになって帰ってくるたびに、「もうやめたげてえええ」と抱き締《し》めて泣いておりました。この本は間違いなく良くなりました。それもあの惨劇《さんげき》が繰り返されたからでしょう。こんなにも、自分の作品について掘《ほ》り下げてくれた人は初めてでした。

でも次回作はもうちょっと柔らかくお願いします。屋上のぼりたくなっちゃう。

感謝を綴《つづ》ると意外に書けました。

しかし僕が皆様へ、読者も含めこの本に関わる全ての人々へ今するべきことは、感謝の念を文字にするより以上に、より面白い物語を書き続け、「あいつは私が育てた」と言ってもらうことだと思います。

なのでそろそろベッドと壁の隙間《すきま》から這《は》い出て、新しいプロットを練《ね》らねばなりません。

次は何を書こう。わくわくしてきました。

トルーデーリーデーオ！
あわよくばまた、次回のあとがきで。

カミツキレイニー

創作にあたり、ライマン・フランク・ボーム『オズの魔法使い』（佐藤高子訳、ハヤカワ文庫ＮＶ）を参照させていただきました。

ガガガ文庫5月刊

キミとは致命的なズレがある

著／赤月《あかつき》カケヤ

イラスト／晩杯《ばんばい》あきら

「幼なじみを殺したのは自分なのか?」十歳のとき記憶を失った海里克也。フラッシュバックする少女の死は幻覚? 真実? 第5回小学館ライトノベル大賞・優秀賞受賞作!!

ISBN978-4-09-451269-4（ガあ9-1） 定価620円（税込）

こうして彼は屋上を燃やすことにした

著／カミツキレイニー

イラスト／文倉《あやくら》 十《じゅう》

自殺しようと向かった屋上で、私は奇妙な3人に出会う。どうせ死ぬなら復讐してからにしませんか? 第5回小学館ライトノベル大賞ガガガ大賞受賞作。

ISBN978-4-09-451270-0（ガか8-1） 定価620円（税込）

セク研! 3

著／大泉《おおいずみ》りか

イラスト／相音《こもね》うしお

乙女が最高の喪失を目指す秘密の花園「セク研!」。未知なる快感を目指してメンバーは合宿を敢行! 少女の欲望は恥じらいを乗り越えてついに開花する!?

ISBN978-4-09-451271-7（ガお2-6） 定価600円（税込）

装甲のジェーンドゥ!

著／永福一成《えいふくいっせい》

イラスト／希《のぞみ》

近未来の世界…従兄弟の男性教師と同居している女子高生・結々子は地下格闘興行で生活費を稼ぐ。しかしその実力が発揮されるにつれ周囲では不穏な動きが!

ISBN978-4-09-451272-4（ガえ2-1） 定価620円（税込）

ハレの日は学校を休みたい!

著／陸《くが》 凡鳥《ぼんちょう》

イラスト／切符《きっぷ》

学園祭中止を要求してきた脅迫犯を探し当てろ、と無茶ぶりされた学園祭嫌いの俺と、学園祭実行委員長の詩ノ森ミア。すべての学園祭嫌いに贈る青春ラブコメ。

ISBN978-4-09-451273-1（ガく1-8） 定価620円（税込）

RIGHT×LIGHT12～繋がる声と届く指先～

著／ツカサ

イラスト／近衛乙嗣《このえおとつぐ》

「ここは異界の天使が創り出した〝幸せな世界〟だよ、お兄ちゃん」——長き物語がいよいよ終結する! ケースケとアリッサ、そして未由の未来は……!?

ISBN978-4-09-451274-8（ガつ2-12） 定価620円（税込）

GAGAGA
ガガガ文庫

こうして彼は屋上を燃やすことにした

カミツキレイニー

発行　2011年5月23日　初版第1刷発行

発行人　横田 清

編集人　野村敦司

編集　山田和正

発行所　株式会社小学館
〒101-8001 東京都千代田区一ツ橋2-3-1
[編集]03-3230-9343　[販売]03-5281-3556

カバー印刷　株式会社美松堂

印刷・製本　図書印刷株式会社

Printed in Japan　ISBN978-4-09-451270-0

第6回小学館ライトノベル大賞
ガガガ文庫部門応募要項!!!!!!

ゲスト審査員は畑　健二郎先生

ガガガ大賞：200万円＆応募作品での文庫デビュー
ガガガ賞：100万円＆デビュー確約
優秀賞：50万円＆デビュー確約
審査員特別賞：30万円＆応募作品での文庫デビュー

第一次審査通過者全員に、評価シート＆寸評をお送りします

内容 ビジュアルが付くことを意識した、エンターテインメント小説であること。ファンタジー、ミステリー、恋愛、ＳＦなどジャンルは不問。商業的に未発表作品であること。
（同人誌や営利目的でない個人のWEB上での作品掲載は可。その場合は同人誌名またはサイト名を明記のこと）

選考 ガガガ文庫編集部＋ガガガ文庫部門ゲスト審査員・畑 健二郎

資格 プロ・アマ・年齢不問

原稿枚数 ワープロ原稿の規定書式【1枚に41字×34行、縦書きで印刷のこと】は、70～150枚。手書き原稿の規定書式【400字詰め原稿用紙】の場合は、200～450枚程度。
※ワープロ規定書式と手書き原稿用紙の文字数に誤差がありますこと、ご了承ください。

応募方法 次の3点を番号順に重ね合わせ、右上をひも、クリップ等で綴じて送ってください。
① 応募部門、作品タイトル、原稿枚数、郵便番号、住所、氏名（本名、ペンネーム使用の場合はペンネームも併記）、年齢、略歴、電話番号の順に明記した紙
② 800字以内であらすじ
③ 応募作品（必ずページ順に番号をふること）

締め切り 2011年9月末日（当日消印有効）

発表 2012年3月刊『ガ報』、及びガガガ文庫公式WEBサイトGAGAGAWIREにて

応募先 〒101-8001 東京都千代田区一ツ橋 2-3-1
小学館コミック編集局　ライトノベル大賞【ガガガ文庫】係

注意 ○応募作品は返却致しません。○選考に関するお問い合わせには応じられません。○二重投稿作品はいっさい受け付けません。○受賞作品の出版権及び映像化、コミック化、ゲーム化などの二次使用権はすべて小学館に帰属します。別途、規定の印税をお支払いいたします。○応募された方の個人情報は、本大賞以外の目的に利用することはありません。○応募された方には、原則として受領はがきを送付させていただきます。なお、何らかの事情で受領はがきが不要な場合は応募原稿に添付した一枚目の紙に朱書で『返信不要』とご明記いただけますようお願いいたします。○作品を複数応募する場合は、一作品ごとに別々の封筒に入れてご応募ください。